Charles Dickens, geboren am 7. Februar 1812 in Landport bei Portsmouth, ist am 9. Juni 1870 in Rochester gestorben.

Die typisch englische Tradition der Newgate-Novels, die sich seit Defoe und Swift mit faszinierenden Verbrecherfiguren beschäftigte, hat mit Charles Dickens ihren literarischen Höhepunkt erreicht.

Bereits vor der Gründung des Londoner CID (Criminal Investigation Department) im Jahre 1845 war Dickens mit der Problematik der Verbrechen durch intensives Studium von Polizeiberichten vertraut. Er verfolgte fasziniert die neue Einrichtung der nichtuniformierten Polizisten, die, durch Zylinderhüte gekennzeichnet und mit Alarmrasseln ausgestattet, zunächst für die Bewachung der Eisenbahnlinien zuständig waren, recht bald aber die entscheidende Rolle bei der Verbrechensbekämpfung in der Londoner Unterwelt spielen sollten.

Kurz nach der Gründung dieser Polizeitruppe schreibt Dickens Detektiverzählungen unter dem Titel »Geheimpolizei«. Diese Geschichten zeigen nicht nur das Verhältnis Polizei/Verbrecherwesen auf, sondern reflektieren auch die hinter den Verbrechen stehenden zeittypischen Sozialkonflikte.

insel taschenbuch 821

Charles Dickens

Detektivgeschichten

Charles Dickens
Detektivgeschichten

Aus dem Englischen
von Franz Franzius
Insel Verlag

insel taschenbuch 821
Erste Auflage 1986

Hinweise zu dieser Ausgabe am Schluß des Bandes
Vertrieb durch den Suhrkamp Taschenbuch Verlag
Umschlag nach Entwürfen von Willy Fleckhaus
Satz: MZ-Verlagsdruckerei, Memmingen
Druck: Nomos Verlagsgesellschaft, Baden-Baden
Printed in Germany

1 2 3 4 5 6 – 91 90 89 88 87 86

Detektivgeschichten

Der Bettelbriefschreiber

Die Summe Geldes, die er im Vereinigten Königreich alljährlich vernünftigen und nützlichen Zwecken abwendig macht, würde dem Ertrag der Fenstersteuer gleichkommen. Er ist einer der schamlosesten Schwindler und Betrüger der Gegenwart. Mit seiner Faulheit, seiner Verlogenheit und bei dem unermeßlichen Schaden, den er dem Würdigen zufügt – dadurch, daß er den Strom echter Güte trübt und törichten Richtern das Hirn verwirrt, die unfähig sind, zwischen der unechten Münze des Elends und ihren echten Stücken zu unterscheiden, die es stets unter uns gibt –, da gehört er eher nach Norfolk-Island als Dreiviertel der schlimmsten Fälle, die dorthin verschickt werden. Unter jeder verständigen Regierung wäre er schon lange hingeschickt.

Ich, Schreiber dieses, war eine Zeitlang ein auserwählter Empfänger von Bettelbriefen. Vierzehn Jahre lang war mein Haus eine ebenso regelrechte Annahmestelle für derartige Mitteilungen, wie irgendwelches größeres Nebenpostamt es für Briefe allgemeiner Beschaffenheit ist. Daher muß ich wohl einige Kenntnis über den Bettelbriefschreiber besitzen. Zu allen Stunden des Tages und der Nacht hat er meine Tür belagert – mit meinen Dienstboten hat er gekämpft, mir selbst hat er beim Ausgehen und Heimkommen Hinterhalte gelegt, hat mich aus der Stadt aufs Land verfolgt; in kleinen Landgasthöfen, in denen ich mich nur ein paar Stunden aufhielt, tauchte er auf; aus riesenhaften Entfernungen schrieb er mir, wenn ich aus England fort war. Er wurde krank; er starb und wurde beerdigt; er gelangte wieder zum Leben und verließ diesen flüchtigen Schauplatz abermals: er war sein eigener Sohn, seine eigene Mutter, sein eigener Säugling, sein blödsinniger Bruder, sein Onkel, seine Tante, sein betagter Großvater. Er brauchte einen Überzieher, um drin nach Indien zu gehen; zwanzig Mark, um sich für immer eine Lebensstellung zu erwerben; ein Paar Stiefel, um die Küsten Chinas zu erreichen; einen Hut, um eine Lebensstellung bei der Regierung zu bekommen. Oft fehlten ihm genau sieben Mark fünfzig zu unabhängiger Lebensführung. Er hatte so schöne Aussichten in Liverpool – große Vertrauensstellungen in Kaufhäusern, zu deren sicherer Erlangung ihm nichts weiter als sieben Mark fünfzig fehlten –, daß ich mich immer gewundert habe, warum er im gegenwärtigen Augenblick nicht Bürgermeister dieser aufblühenden Stadt ist.

Die Naturerscheinungen, deren Opfer er wurde, sind die allererstaunlichsten. Er hatte zwei Kinder, die nicht wachsen wollten; für die er nie etwas besaß, um sie nachts zuzudecken; die ihn fortwährend durch ihr vergebliches Betteln um Nahrung zum Wahnsinn trieben; die niemals aus Fieber und Masern herauskamen (was meiner Ansicht nach wohl erklärt, weshalb seine Briefe immer so nach Tabakrauch duften, als einem Entseuchungsmittel); die sich im Laufe vierzehn langer Jahre nie im geringsten veränderten. Und seine Frau, was dies Unglücksweib durchzumachen hatte, ahnt kein Mensch! Sie hat sich während ebendieses selben Zeitraums stets in andern Umständen befunden und ist doch niemals niedergekommen. Seine Ergebenheit für sie hat nie nachgelassen. Nie hat er sich für sich selbst gesorgt; er selber hätte ja gern zugrunde gehen können – wäre es sogar gern –; aber war es nicht seine Christenpflicht als Mann, als Gatte, als Vater, einen Bettelbrief zu schreiben, sobald er sie ansah? (Gewöhnlich schloß er hieran die Bemerkung, er würde abends vorsprechen, um sich die Antwort auf diese Frage zu holen.)

Er wurde zum Spielball der sonderbarsten Unglücksfälle. Was sein Bruder ihm angetan, hätte jedem andern das Herz gebrochen. Sein Bruder trat mit ihm in Geschäftsverbindung und lief mit dem Gelde davon; sein Bruder brachte ihn dazu, für eine Riesensumme Bürgschaft einzugehen, und ließ ihn sie dann zahlen; sein Bruder hätte ihm eine Anstellung gegeben, mit Tausenden jährlich, hätte er sich dazu verstehen können, auch sonntags Briefe zu schreiben; sein Bruder äußerte Grundsätze, die er mit seinem Gottesglauben nicht in Einklang bringen konnte, und (folglich) konnte er seinem Bruder doch nicht gestatten, für ihn zu sorgen. Sein Hauswirt zeigte niemals auch nur einen Funken menschlichen Gefühls. Wann er die letzte Pfändung vornahm, weiß ich nicht mehr, aber ausgelöst hat er sie nie. Dem Pfandleiher sind bereits graue Haare drüber gewachsen. Sie werden ihn noch eines schönen Tages begraben müssen.

An jedes nur erdenkliche Unternehmen hat er sich herangemacht. Er ist im Heere gewesen, bei der Flotte, im Kirchendienst, beim Gericht; hat mit der Presse in Verbindung gestanden, den schönen Künsten, öffentlichen Einrichtungen, mit Geschäftsunternehmungen aller Art und jeden Grades. Er ist standesgemäß erzogen, hat jedes College in Oxford und Cambridge besucht, kann in seinen Briefen Latein anführen (verbuchstabiert sich aber gewöhnlich bei kleineren englischen Wörtern); er vermag uns zu erzählen, was Shakespeare über das Betteln sagt, besser als wir selbst. Zu beachten ist, daß er inmitten all seiner Heimsuchungen stets die Zeitung liest und daß er seine Bitte immer mit irgendeiner Anspielung auf einen grade volkstümlichen Gesprächsgegenstand zu Ende bringt, von dem man annehmen sollte, er läge mir.

Sein Lebenslauf stellt eine Kette innerer Widersprüche dar. Zuweilen hat er noch nie zuvor einen derartigen Brief geschrieben. Er wird rot vor Scham. Dies ist das erste Mal; es wird aber auch das letzte sein. Antworten wir nicht drauf und machen uns nur klar, daß er sich dann in der Stille umbringen wird. Zuweilen (und das ist öfter der Fall) hat er bereits ein paar solche Briefe geschrieben. Dann legt er die Antworten bei mit dem vertraulichen Zusatz, sie seien für ihn von ganz unschätzbarem Wert, und zugleich mit der Bitte, sie ihm doch ja sorgfältig wieder zuzustellen. Anlagen sind eine seiner Liebhabereien – Verse, Briefe, Abschriften von Pfandzetteln, irgend etwas, was eine Antwort erforderlich macht. Er ist von großer Strenge gegen ›den verwöhnten Günstling des Glücks‹, der ihm die zehn Mark verweigert hat – siehe Anlage 2 –, aber mich kennt er besser.

Er schreibt in den verschiedensten Ausdrucksarten, zuweilen in niedergedrückter Stimmung, manchmal auch ganz scherzhaft. Ist er niedergedrückt, so schreibt er mit abfallenden Zeilen und wiederholt einzelne Wörter – kleine Anzeichen von großer Beweiskraft für Gemütsstörungen. Ist er lebhafter, so ist er ganz offen gegen mich; dann ist er ein angenehmer Plauderer. Ich kenne ja die menschliche Veranlagung – wer kennte sie besser? Na schön! Er besaß mal ein bißchen Geld und wurde damit fertig – wie so viele vor ihm auch! Nun findet er, seine alten Freunde wenden sich von ihm ab – auch das haben viele vor ihm durchgemacht! Soll er mir mal erzählen, warum er grade mir das schreibt? Weil er eine Art von Anrecht auf mich hat. Ganz offen lediglich aus diesem Grunde; und darum (weil ich die menschliche Veranlagung kenne) bittet er mich um ein Darlehen von vierzig Mark, rückzahlbar nächsten Donnerstag in sechs Wochen, vor zwölf Uhr mittags.

Mitunter, wenn er gemerkt hat, daß ich ihn erkannt

habe und daß keinerlei Aussicht auf Geld besteht, schreibt er mir, um mir mitzuteilen, nun endlich wäre ich ihn los. Er hat sich von der Ostindischen Kompanie anwerben lassen und soll sofort hinaus – nur braucht er dazu einen Käse. Der Unteroffizier hat ihm gesagt, das sei für seine Aussichten im Regiment ganz besonders wichtig, daß er einen Käse mit hinausbrächte, einfachen Gloucester – im Gewicht von etwa zwölf bis fünfzehn Pfund. Acht oder neun Mark reichten hin. Er bittet nach dem zwischen uns Vorgefallenen nicht um Geld; aber wenn er morgen früh um neun vorspräche, dürfte er dann hoffen, den Käse vorzufinden? Und kann er irgend etwas tun, um mir in Bengalen seine Dankbarkeit zu beweisen?

Einmal schrieb er mir einen ganz eigenartigen Brief, in dem er mir eine Naturalunterstützung vorschlug. Er war in eine kleine Verlegenheit geraten, indem er bei allerhand Leuten Klumpen Dreck in Packpapier zurückgelassen hatte, unter der Vorgabe, er wäre Kofferträger bei der Bahn, und in dieser Eigenschaft Fuhrgeld erhoben hatte. Dieses Spiel seiner Einbildungskraft sühnte er jetzt im Arbeitshause. Nicht lange nach seiner Freilassung und an einem Sonntagmorgen kam er mit einem Briefe zu mir (nachdem er sich vorher von Kopf bis Fuß mit Staub eingeschmiert hatte), in dem er mir zu verstehen gab, er habe sich entschlossen, nunmehr seinen Lebensunterhalt ehrlich zu verdienen, und sei also mit einem Wagen voller Töpferwaren durchs Land gereist. Das sei auch ganz gut gegangen bis gestern, wo ihm in der Nähe von Chatham, Kent, sein Pferd tot zusammengebrochen sei. Dies hätte ihn in die unangenehme Notwendigkeit versetzt, sich selbst vorzuspannen und seinen Geschirrwagen nach London zu ziehen – eine etwas erschöpfende Schlepperei von fünfundvierzig Kilometern. Um Geld zu bitten wage er nicht wieder; aber wenn ich die Güte haben würde, ihm einen Esel zur Verfügung zu stellen, dann wolle er das Tier vorm Frühstück abholen!

Bei einer andern Gelegenheit stellte sich mein Freund (ich beschreibe tatsächliche Vorkommnisse) als Schriftsteller in höchst bedrängter Lage vor. Eins seiner Stücke war an einem gewissen Theater angenommen worden – an dem tatsächlich gespielt wurde; seine Aufführung aber war durch die Erkrankung des Hauptdarstellers hinausgeschoben worden – der tatsächlich krank war –; und er und die Seinen befanden sich in einem Zustand völliger Erschöpfung. Falls er seine schlimme Lage dem Theaterleiter bekanntgäbe, die Behandlung, die ihm dann zuteil werden würde, überließ er mir selbst auszumalen. Also gut; über diese Schwierigkeit kamen wir zu unserer beiderseitigen Befriedigung hinweg. Kurze Zeit nachher befand er sich wieder in der Klemme. Ich glaube, Mrs. Southcote, seine Frau, war in höchster Verlegenheit – auch diesen Punkt brachten wir in Ordnung. Kurz darauf hatte er ein neues Haus bezogen und war auf dem gradesten Wege in den Abgrund, weil ihm eine Regentonne fehlte. Ich hatte meine Bedenken wegen dieser Regentonne und beantwortete das Schreiben nicht. Aber schon bald darauf bekam ich allen Grund, diese Nachlässigkeit zu bereuen. Er schrieb mir ein paar kurze, herzzerreißende Zeilen, die mich benachrichtigten, die liebe Teilhaberin seiner Sorgen sei gestern abend neun Uhr in seinen Armen gestorben.

Ich sandte einen zuverlässigen Boten, um den beraubten Dulder und seine armen Kinder zu trösten; der Bote aber ging so früh los, daß das Spiel noch nicht gänzlich spielreif war; mein Freund war nicht zu Hause, aber seine Frau befand sich in einem ganz köstlichen Gesundheitszustand. Er wurde vom Verein gegen Bettelei aufgegriffen (wie sich nebenbei später ergab), und ich stellte mich mit meiner Aussage gegen ihn bei einem Londoner Polizeiamt ein. Der Beamte war ganz verblüfft über seine vorzügliche Erziehung, erhielt von seinen ausgezeichneten Briefen einen tiefen Eindruck, war sehr betrübt, einen Menschen von seinen Kenntnissen vor sich zu sehen, erkannte aufs höchste seine Fähigkeiten im Ausdruck an und war ganz entzückt darüber, die angenehme Pflicht zu haben, ihn zu entlassen. Es wurde eine Sammlung für den ›armen Burschen‹ veranstaltet, wie er in den Zeitungsberichten genannt wurde, und ich verließ das Amt in dem angenehmen Bewußtsein, allgemein für eine Art Ungeheuer angesehen zu werden. Am nächsten Tage kommt einer meiner Freunde zu mir, der Vorsteher eines großen Gefängnisses. »Warum sind Sie denn nur gegen diesen Menschen aufs Polizeiamt gegangen«, sagte er, »ohne erst zu mir zu kommen? Ich weiß doch über ihn und all seine Betrügereien Bescheid. Zu der Zeit, als er zuerst an Sie schrieb, wohnte er bei einem meiner Aufseher; und da aß er jungen Lammbraten zu einer Mark fünfzig das Pfund und jungen Spargel zu ich weiß nicht wieviel das Bund.« Am gleichen Tage und zur selben Stunde verfaßte mein beleidigter Ehrenmann eine feierliche Denkschrift gegen mich, um mich zu fragen, welche Entschädigung ich ihm dafür in Aussicht stellte, daß er die Nacht in einem ›scheußlichen Verlies‹ habe zubringen müssen. Und am nächsten Morgen weigerte sich ein Herr aus Irland, Mitglied derselben Brüderschaft, der den Bericht gelesen hatte und fest überzeugt war, ich würde mich wohl hüten und wieder an dasselbe Polizeiamt gehen, ganz standhaft, für weniger als zwanzig Mark von meiner Tür zu weichen, und setzte sich buchstäblich mit dem festen Entschluß, mich bis zur Nachgiebigkeit zu belagern, für zehn tödlich lange Stunden vor ihr nieder. Da die Besatzung aber gut ausgestattet war, hielt ich mich innerhalb der Mauern; und um Mitternacht hob er die Belagerung unter ausgiebigem Sturmläuten an meiner Klingel auf.

Oft besitzt der Bettelbriefschreiber einen ausgedehnten Bekanntenkreis. Ganze Seiten aus dem ›Hof-Jahrbuch‹ stehen ihm als Auskünfte zur Verfügung. Adlige und andere Herren bestätigen ihm schriftlich, nie habe es einen Mann von solcher Rechtschaffenheit und Tugendhaftigkeit gegeben. Sie kennen ihn seit unvordenklichen Zeiten, und es gibt nichts, was sie nicht für ihn tun würden. Immerhin geben sie ihm doch nicht die dreißig Mark, die er gerade nötig hat; aber vielleicht ist das nicht genug – sie wünschen mehr für ihn zu tun, und seine Bescheidenheit will ihnen das nicht gestatten. Es ist bemerkenswert, welchen Zauber sein Beruf ausübt. Er gibt ihn niemals auf; und alle ihm Nahestehenden werden von seiner Liebe zu ihm angesteckt und ergreifen ihn früher oder später selbst auch. Er verwendet einen Boten – Mann, Frau oder Kind. Ganz sicher wird dieser Bote schließlich selbst unabhängig von ihm ebenfalls Bettelbriefschreiber. Seine Söhne und Töchter folgen seinem Berufe und verfassen Bettelbriefe, wenn er nicht mehr ist. Er verbreitet die Seuche des Bettelbriefschreibens um sich wie eine ansteckende Krankheit. Was Sidney Smith so glücklich den ›gefährlichen Prunk der Unehrlichkeit‹ nennt, ist ansteckender und allem Anschein nach in diesem Falle weiter um sich greifend als in jedem anderen.

Er gehört einer Gesellschaft von Bettelbriefschreibern an, die sich untereinander verständigen. Jeder, der Lust hat, kann diese Tatsache selbst feststellen. Er gebe heute als Antwort auf einen Bettelbrief – und mag er einem gewöhnlichen Bettelbrief noch so unähnlich sehen – Geld hin, und innerhalb von vierzehn Tagen wird er mit derartigen Mitteilungen überflutet. Verweigert standhaft jede Gabe, und die Bettelbriefschreiber werden zu Engelsbesuchen, bis das Geschäft der Gesellschaft aus irgendwelchen Gründen flau geht und sie sich ebensogut an euch wie an irgend jemand anders wenden kann. Es hat keinen Zweck, sich nach den näheren Umständen des Bettelbriefschreibers zu erkundigen. Zuweilen mag er durch Zufall tatsächlich entdeckt werden, wie in dem vorerwähnten Falle (obgleich das nicht die erste Nachforschung war); aber anscheinendes Elend bildet immer einen Zweig seines Geschäfts, und sehr oft auch wirkliches Elend, mit Zwischenspielen von jungem Lammbraten und frischem Spargel. Die bilden ganz selbstverständlich einen Zwischenfall in seinem verschwenderischen, unehrlichen Lebenslauf.

Daß der Beruf ein ertragreicher ist und daß große Geldbeträge durch ihn erworben werden, muß jedem in die Augen springen, der die Polizeiberichte über derartige Fälle liest. Strafverfahren kommen indessen im Verhältnis zu dem Umfang, in dem dieses Geschäft betrieben wird, nur selten vor. Der Grund hierfür (was niemand besser weiß als der Bettelbriefschreiber selbst, denn darauf beruht zum Teil sein Plan) mag in der Abneigung der Menschen gefunden werden, sich selbst öffentlich als betrogen hinzustellen oder als ein Mensch zu gelten, der seinem Gewissen durch ein faules, fadenscheiniges Ersatzmittel der edelsten aller Tugenden eine schwächliche Befriedigung verschafft. Da läuft im selben Augenblick, wo dieser Bericht für die Presse verfaßt wird (am 29. April 1850), ein Mensch frei herum – ohne daß er je gefaßt worden wäre –, der innerhalb der letzten zwölf Monate wahrscheinlich der kühnste und erfolgreichste Schwindler war, den selbst dieser Beruf je gekannt hat. In dem Vorgehen dieses Burschen liegt jedesmal etwas außerordentlich Gemeines; er macht es sich zum Beruf, an alle und jede Gattung von Menschen im Namen von Leuten von hohem Ruf und untadeliger Ehrenhaftigkeit mit dem Eingeständnis ihrer schwierigen Lage zu schreiben – und allgemeine Anerkennung und Hochachtung sichert ihm sofortiges und freigebiges Entgegenkommen zu.

In der Hoffnung nun, daß tatsächliche Erfahrungen eines wirklich vorhandenen Menschen etwas mehr darin zuwege bringen möchten, das Nachdenken über diesen Gegenstand anzuregen, als eine wesenlose Abhandlung – sowie bei seiner persönlichen Kenntnis des Umfanges, in dem die Bettelbriefstellerei seit einiger Zeit betrieben wird, und daß sie beständig im Anwachsen ist –, in dieser Hoffnung bittet der Schreiber dieses seine Leser um Aufmerksamkeit für ein paar Schlußworte. Seine Erfahrungen sind nur ein Abbild derjenigen vieler anderer; darunter einige in geringeren, manche in unendlich viel größeren Ausmessungen. Mag jeder sich selbst ein Urteil darüber bilden, ob seine Schlußfolgerungen gesund oder ungesund sind.

Schon lange im Zweifel über die Wirksamkeit einer Unterstützung in allen solchen Fällen und imstande, sich innerhalb seiner ganzen persönlichen Erfahrungen nur eines einzigen Falles zu vergewissern, in dem er Grund zu haben glaubte, es sei etwas Gutes erreicht worden, wurde er im letzten Herbst zu ein paar ernsten Betrachtungen geführt. Daß ihm mit jeder Post Bettelbriefe zuflogen, machte es ihm vollkommen klar, es dränge sich eine Schar fauler Tagediebe zwischen den Wunsch der Allgemeinheit, etwas zur Linderung der Krankheiten und des Elends zu tun, unter denen die Armut leidet, und die notleidenden Armen selbst. Daß viele indessen bei dem Versuch, ein wenig zur Abhilfe der Übel der Gesellschaft zu tun, die der Armut in Gestalt vermeidlicher Erkrankungen und Todesfälle auferlegt sind, diese Übelstände nur verstärken, indem sie ihr Geld an schmarotzende Schufte verschwenden, die sich der Gesellschaft anhängen. Daß unsere Einbildungskraft – wenn sie einem dieser Schufte auf seinem Lebenslauf von Gefängnisstrafen folgt und diesen mit dem Leben eines jener Armen in einem choleraverseuchten Gange vergleicht, oder eines ihrer Kinder, in seiner Todesstunde von dem leider kürzlich verstorbenen Mr. Drouet getröstet –, daß unsere Einbildungskraft einen grimmigen Scherz beabsichtigte, der vor Gott und den Menschen unmöglich noch viel länger aufrechterhalten bleiben kann. Daß die Krone aller Wunder unter den im Neuen Testament zusammengestellten Wundertaten nach den Wundern des wieder sehenden Blinden und des wieder gehenden Lahmen und der Wiedererweckung des Toten zum Leben dasjenige Wunder war, daß den Armen die Heilsbotschaft gepredigt wurde. Daß, während die Armen unnatürlicher- und unnötigerweise von den Tausenden in vorzeitigem Alter oder in verkümmerter Jugend abgeschnitten waren – denn Blume oder Blüte besitzt eine solche Jugend nicht –, die Heilsbotschaft ihnen nicht verkündigt wurde außer in hohlen, nichtssagenden Redensarten. Daß von allen Übeln, an deren Abstellung die Pest uns gemahnt, dies das allermächtigste war. Und daß keine Postanweisung von beliebiger Höhe, die man einem Bettelbriefschreiber schickt, um die Unruhe der eigenen Brust zu besänftigen, am Letzten Tage jenem gegenüber als von irgendwelchem Werte vorgezeigt werden könnte.

Arme schreiben solche Briefe niemals. Nichts wäre ihren Lebensgewohnheiten unähnlicher. Die Briefschreiber sind Räuber an der Öffentlichkeit; und wir, die wir sie unterstützen, machen uns zu Teilhabern an ihrem Raube. Sie machen aus jedem Umstand, der uns berührt und der zu ihrer Kenntnis gelangt, ob öffentlich oder persönlich, freudig oder betrüblich, einen Handelsgegenstand; sie verdrehen uns die Lehren des Lebens; was unsere Kraft und Tugend sein sollte, machen sie zu Schwäche und Ermutigung zum Laster. Es gibt ein einfaches Heilmittel, und wir haben es in Händen.

Wir müssen uns unter Hinopferung jeglichen Gefühls dazu entschließen, solchen Bitten gegenüber taub zu werden und diesen Handelszweig vernichten.

Der Mord besitzt seine Abstufungen. Das Leben muß unter uns in mehr als einer Hinsicht als geheiligt gelten – geheiligt, nicht nur vor der Waffe des Mörders, oder vor schleichendem Gift, oder gegen einen grausamen Schlag, sondern geheiligt auch gegen vermeidbare Erkrankungen, Verrenkungen und Schmerzen. Das ist das erste Ziel, das wir diesem elenden Betrug gegenüberzustellen haben. Ist das körperliche Leben geschützt, dann kommt das sittliche. Was einen Bettelbriefschreiber keine Woche lang befriedigt, würde ein ganzes Schock Kinder ein Jahr lang erziehen können. Wir wollen alle geben, soviel wir können; laßt uns mehr geben als je. Laßt uns unser möglichstes tun; laßt uns mehr tun als je. Aber laßt uns geben und tun zu hohen Zwecken; nicht, um den Abschaum der Erde zur Vermehrung seiner Verderbtheit mit den Abfällen unseres Pflichtgefühls zu beschenken.

Die Geheimpolizei

Wir gehören keineswegs zu den unerschütterlichen Gläubigen an die alte Bow-Street-Polizei. In Wahrheit sind wir vielmehr der Ansicht, es habe sich bei diesen Ehrenleuten um einen mächtigen Schwindel gehandelt. Abgesehen davon, daß viele von ihnen Leute von ganz unbedeutender Veranlagung waren und sich viel zu sehr an den Umgang mit Dieben und dergleichen gewöhnt hatten, verloren sie keine Gelegenheit aus den Augen, um vor der Öffentlichkeit ihre Geheimniskrämerei anzupreisen und sich dabei ins rechte Licht zu setzen. Da sie außerdem noch ständig durch unfähige richterliche Beamte belobt wurden, die bemüht waren, ihre eigenen Mängel zu verheimlichen und Hand in Hand mit den Berichterstattern ihrer Zeit gingen, wurden sie allmählich zu Götzenbildern. Obwohl sie als Schutzpolizei vollkommen unwirksam und als Geheimpolizei sehr lodderig und unsicher in ihren Handlungen waren, stellen sie für gewisse Leute noch heutzutage Götzenbilder dar.

Auf der andern Seite ist die seit Einrichtung der bestehenden Polizei ins Leben gerufene Geheimpolizei so gut ausgesucht und vorgebildet, geht so planmäßig und ruhig vor, verrichtet ihre Obliegenheiten so geschäftsmäßig und arbeitet so stillschweigend und unablässig im Dienste der Öffentlichkeit, daß diese wirklich nicht genug über sie weiß, um auch nur den zehnten Teil ihres Nutzens zu begreifen. Unter dem Eindruck dieser Überzeugung und aus Teilnahme an den Leuten selbst stellten wir den Behörden in Scotland Yard vor, wir würden uns freuen, falls keine amtlichen Bedenken vorlägen, uns mit den Beamten ein wenig zu unterhalten. Nach liebenswürdigster und bereitwilligster Erlaubnis hierzu wurde ein bestimmter Abend mit einem bestimmten Inspektor für eine gesellige Unterhaltung zwischen uns und den Beamten in der Schriftleitung der ›Household Words‹[1] in Wellington Street, Strand, London, ausgemacht. Infolge dieser Verabredung fand jene Zusammenkunft statt, die wir zu beschreiben beabsichtigen. Und wir bitten wiederholt, die Feststellung machen zu dürfen, daß, bei Vermeidung aller Ausdrücke, die aus offensichtlichen Gründen für die Öffentlichkeit nur schädlich oder gewissen ehrenhaften Leuten unangenehm sein müßten, falls sie im Druck erschienen, unsere Beschreibung so genau ist, wie wir sie nur ausführen konnten.

Habe der Leser die Güte, sich das Allerheiligste der ›Household Words‹ vorzustellen. Was der Einbildungskraft des Lesers am besten paßt, wird dieses prächtige Gelaß auch am besten wiedergeben. Wir beschränken uns auf die Forderung eines runden Tisches in der

1 Dickens war von 1850 bis 1859 Herausgeber und Schriftleiter der Wochenschrift ›Household Words‹, worin die Geschichten unseres Bandes in loser Folge erschienen.

Mitte, mit bereitgestellten Gläsern und Zigarren darauf, und das Schriftleitungssofa, in seiner ganzen Großartigkeit zwischen dies Staatsstück und die Wand eingeklemmt.

Es ist um die Dämmerstunde eines heißen, schwülen Abends. Das Pflaster von Wellington Street ist heiß und schmierig, und die Wasserträger und Droschkenkutscher vor dem Theater gegenüber sind sehr erhitzt und verärgert. Fortwährend setzen Wagen Leute ab, die ins ›Feenland‹ wollen; und hin und wieder tönt ein mächtiges Gebrüll und Gebell durch die offenen Fenster, das uns die Ohren ganz taub macht.

Grade als es dämmert, werden die Inspektoren Wield und Stalker gemeldet (wir übernehmen indessen keine Gewähr für die richtige Schreibung irgendwelcher hier erwähnter Namen). Inspektor Wield stellt Inspektor Stalker vor. Inspektor Wield ist ein Mann mittleren Alters von behäbigem Aussehen, mit einem großen, feuchten, verständigen Auge, gedämpfter Stimme und der Gewohnheit, seiner Rede mittels eines dicken Zeigefingers nachzuhelfen, der beständig an seiner Nase oder seinem Auge ruht. Inspektor Stalker ist ein gerissener, hartköpfiger Schotte – in seiner äußeren Erscheinung einem höchst scharfsinnigen, durch und durch eingefuchsten Schulmeister aus der Normalschule zu Glasgow durchaus nicht unähnlich. Inspektor Wield könnte man vielleicht als das erkennen, was er ist – Inspektor Stalker nie.

Nach Erledigung der Empfangsförmlichkeiten bemerken die Inspektoren Wield und Stalker, sie hätten ein paar Sergeanten mitgebracht. Die Sergeanten werden vorgestellt – fünf an der Zahl, Sergeant Dornton, Sergeant Witchem, Sergeant Mith, Sergeant Fendall und Sergeant Straw. Da haben wir die ganze Polizeimacht von Scotland Yard mit einer Ausnahme vor uns. Sie setzen sich im Halbkreis (die Inspektoren an den beiden Enden) in geringem Abstand von dem runden Tisch dem Schriftleitungssofa gegenüber. Jeder von ihnen nimmt sofort mit raschem Blick den Bestand der Einrichtung und eine sorgfältige Skizze der Schriftleitung auf. Der Schriftleiter fühlt, jeder der Herren würde ihn im Notfalle, ohne im geringsten zu zögern, noch in zwanzig Jahren wiedererkennen.

Die ganze Gesellschaft ist in Zivil. Sergeant Dornton ist etwa fünfzig Jahre alt und hat bei seinem rötlichen Gesicht und der hohen sonnverbrannten Stirn das Aussehen eines ehemaligen Unteroffiziers im Heeresdienst – er hätte Wilkie[1] zu dem Soldaten in der ›Testamentseröffnung‹ sitzen können. Er ist berühmt für seine Art, wie er einen Fall aus den kleinsten Kleinigkeiten entwickelt und wie er sich von den kleinsten Anfängen Schritt für Schritt weiterarbeitet, bis er seinen Mann in der Falle hat. Sergeant Witchem, kleiner und dicker und pockennarbig, hat eine zurückhaltende und nachdenkliche Art, als wäre er mit schwierigen mathemati-

1 Sir David Wilkie (1785-1841), schottischer Maler von Genrebildern.

schen Berechnungen beschäftigt. Er ist berühmt wegen seiner Bekanntschaft mit dem feinen Gaunertum. Sergeant Mith, ein glattrasierter Mann mit hellen, frischen Farben und von merkwürdig einfältigem Aussehen, ist Meister in Einbruchsfällen. Sergeant Fendall, sein hellhaariger, höflicher, sprachgewandter Kollege, hat eine sehr glückliche Hand bei der Durchführung häuslicher Aufklärungen heikler Beschaffenheit. Straw, ein kleiner sehniger Beamter von bescheidenem Benehmen und starker Sinnesart, wäre imstande, an jede Tür zu klopfen und eine Reihe von Fragen zu stellen in beliebig sanfter Maske, die man ihm beschriebe, vom Waisenknaben aufwärts, und dabei so unschuldig wie ein neugeborenes Kind auszusehen. Einer wie der andere sehen sie durchaus anständig aus, zeigen gutes Benehmen und ungewöhnliche Klugheit, haben in ihrem Betragen nichts Hinterlistiges oder Schleichendes, beweisen scharfe Beobachtungsgabe und rasche Auffassung, wenn man sie anredet, und lassen auf ihren Gesichtern für gewöhnlich mehr oder weniger deutlich ausgeprägte Spuren eines Lebens voller starker geistiger Anregung erkennen. Alle haben sie gute Augen und können alle, und tun's auch, jedem, mit dem sie sprechen, voll ins Gesicht sehen.

Wir stecken uns unsere Zigarren an und lassen die Gläser um den Tisch gehen (die tatsächlich sehr mäßig in Anspruch genommen werden), und die Unterhaltung beginnt mit einer bescheidenen Anspielung der Schriftleitung auf das ›feine Gaunertum‹. Sofort nimmt

Inspektor Wield die Zigarre von den Lippen, fährt mit der rechten Hand durch die Luft und sagt: »Was das feine Gaunertum anlangt, Herr, da kann ich nichts Besseres tun als Sergeant Witchem aufrufen. Denn warum? Das will ich Ihnen sagen. Sergeant Witchem ist mit dem feinen Gauntertum besser bekannt als jeder andere Beamte in London.«

Das Herz hüpft uns beim Anblick dieses Regenbogens am Himmel, und wir wenden uns Sergeant Witchem zu, der sofort mit scharf umrissenen und gutgesetzten Worten auf den Gegenstand eingeht. Währenddessen sind seine Kollegen voller aufmerksamer Anteilnahme für alles, was er sagt, und beobachten dessen Wirkung. Dann beginnen sie sich einzumischen, einer oder auch zwei zugleich, wie die Gelegenheit sich bietet, und die Unterhaltung wird allgemein. Aber die Fachgenossen mengen sich nur ein, um einander beizustehen – nie, um sich zu widersprechen –, es kann keine liebenswürdigere Genossenschaft geben. Vom feinen Gaunertum kommen wir auf verwandte Fachgebiete, Hehlerei, Straßentänzer, Einschleicher, gerissene junge Leute, die aufs ›Ganfen‹[1] ausgehen, und andere ›Zünfte‹. Bei all diesen Enthüllungen ist es beachtenswert, daß Inspektor Stalker, der Schotte, stets genau und an Hand von Ziffern vorgeht und daß jeder, sowie Zahlen in Frage kommen, wie auf allgemeine Verabredung innehält und zu ihm hinübersieht.

1 Engl. ganophing, aus der Gaunersprache: stehlen.

Nachdem wir die verschiedenen Zünfte erschöpft haben – während welcher Auseinandersetzung die ganze Gesellschaft höchst aufmerksam blieb, ausgenommen wenn ein besonders lautes Geräusch drüben vor dem Theater einen der Herren bewog, fragend nach dem dorthinaus gelegenen Fenster zu blicken, hinter dem Rücken seines Nachbarn –, schürfen wir nach Belehrung in Fällen wie den folgenden: Ob in London wirklich noch offener Straßenraub vorkommt, oder ob nicht für gewöhnlich besondere Ereignisse, deren Erwähnung dem betroffenen Teil nicht angenehm sein kann, den unter Anklage stehenden Raubtaten vorhergehen und so ihre Kennzeichen als solche völlig verwischen? Dies letztere ist fast stets der Fall. – Ob in Fällen von Raubtaten in Häusern, bei denen notwendigerweise Dienstboten in Verdacht geraten, die verdächtigte Unschuld nicht oft so sehr wie Schuld aussieht, daß ein tüchtiger Beamter höchst vorsichtig in seiner Beurteilung sein muß? Zweifellos. Nichts ist so gewöhnlich oder so trügerisch wie derartige erste Anzeichen. – Ob an öffentlichen Vergnügungsstätten ein Dieb einen Beamten und ein Beamter einen Dieb nicht daran erkennt – vorausgesetzt, daß sie sich vorderhand noch fremd waren –, daß jeder im andern trotz aller Verstellung Unaufmerksamkeit gegenüber den Veranstaltungen bemerkt und eine gewisse Absicht, die nicht auf Unterhaltung hinausläuft? Ja. Genau so ist es. – Ob es Dieben gegenüber vernünftig oder lächerlich ist, wenn man ihren vorgeblichen Erfahrungen, etwa in Gestalt von Geschichten, die sie selbst in Gefängnissen oder Besserungsanstalten oder sonstwo erzählt haben, Glauben schenkt? Im allgemeinen gibt es nichts Alberneres. Lügen ist ihnen Angewohnheit und Berufssache; und sie lügen lieber – selbst wenn es ihnen gar nichts nützt und sie sich nicht dadurch angenehm bemerkbar machen wollen –, als daß sie die Wahrheit sagen.

Von diesen Gegenständen gleiten wir zu den berühmtesten und schrecklichsten in den letzten fünfzehn oder zwanzig Jahren begangenen großen Verbrechen hinüber. Die Leute, die sich mit der Entdeckung fast aller dieser Fälle befaßt haben und an der Verfolgung oder Ergreifung der Mörder beteiligt waren, sind hier, bis auf den letzten Mann. Einer unserer Gäste jagte und enterte das Auswandererschiff, auf dem die letzte in London gehängte Mörderin sich eingeschifft hatte, wie man annahm. Wir hören von ihm, daß sein Auftrag den Fahrgästen nicht mitgeteilt wurde, die vielleicht bis zu dieser Stunde noch keine Ahnung davon hatten. Daß er mit dem Kapitän, eine Lampe in der Hand, hinunterging – weil es bereits dunkelte und das ganze Zwischendeck im Bett und seekrank war – und die tatsächlich an Bord befindliche Mrs. Manning in eine Unterhaltung über ihr Gepäck verwickelte, bis sie mit nicht geringer Mühe dazu gebracht werden konnte, das Gesicht dem Licht zuzuwenden. Befriedigt, daß sie nicht der Gegenstand seiner Nachforschungen sei, ging er ruhig wieder auf den längsseits liegenden Regierungsdampfer und fuhr mit der Nachricht wieder nach Hause.

Nachdem wir diese Gesprächsgegenstände erschöpft haben, die in der Unterhaltung eine beträchtliche Zeit einnehmen, stehen zwei oder drei auf, flüstern ›Sergeant Witchem‹ und nehmen ihren Platz wieder ein. Sergeant Witchem beugt sich ein wenig vor, und indem er die Hände auf die Knie stützt, erzählt er bescheiden wie folgt:

»Meine Freunde möchten, daß ich Ihnen kurz berichte, wie ich Tally-ho Thompson faßte. Man sollte eigentlich nicht erzählen, was man selbst getan hat; aber da niemand mit mir war und infolgedessen auch niemand anders als ich selbst es erzählen kann, will ich es tun, so gut ich's vermag, wenn es Ihnen recht ist.«

Wir geben Sergeant Witchem die Versicherung, er täte uns einen großen Gefallen, und dann setzen wir uns zurecht, um mit größter Teilnahme und Aufmerksamkeit zu lauschen.

»Tally-ho Thompson«, fängt Sergeant Witchem an, nachdem er sich die Lippen mit Grog nur eben angefeuchtet hat, »Tally-ho Thompson war ein berühmter Pferdedieb, Roßtäuscher und Nepper. Thompson hatte in Gemeinschaft mit einem Freunde, der gelegentlich mit ihm zusammenarbeitete, einen Landmann um eine gute, runde Summe Geld betrogen, unter dem Vorwand, ihm eine Anstellung zu verschaffen – der übliche alte Kniff –, und wurde später dann noch wegen eines

Pferdes verfolgt – ein Gaul, den er da unten in Hertfordshire gestohlen hatte. Ich wurde hinter ihm hergeschickt und machte mich natürlich zunächst daran, herauszukriegen, wo er wäre. Nun lebte Thompsons Frau mit ihrem kleinen Mädchen in Chelsea. Da ich wußte, Thompson wäre irgendwo auf dem Lande, überwachte ich das Haus – besonders morgens zur Postzeit –, weil ich dachte, Thompson würde ihr doch höchstwahrscheinlich schreiben. Richtig, eines Morgens kommt der Briefträger und gibt an Mrs. Thompsons Tür einen Brief ab. Die Kleine macht die Tür auf und nimmt ihn mit hinein. Wir sind uns bei den Briefträgern nicht immer ganz sicher, wenn die Leute auf den Postämtern auch immer sehr entgegenkommend sind. Der Briefträger hilft uns mal, oder auch nicht – wie's grade trifft. Jedenfalls, ich gehe zu dem Briefträger hinüber und sage zu ihm, nachdem er seinen Brief los ist: ›Guten Morgen! Wie geht's?‹ ›Wie geht's selbst?‹ sagt er. ›Sie haben eben Mrs. Thompson einen Brief gebracht.‹ ›Jawohl, stimmt.‹ ›Sie haben wohl nicht am Ende zufällig den Poststempel bemerkt?‹ ›Nee‹, sagt er, ›das hab ich nicht.‹ ›Kommen Sie‹, sag ich, ›ich will ganz offen gegen Sie sein. Ich hab so 'n kleines Geschäft – und habe Thompson was gepumpt – und kann das nicht verlieren, was er mir schuldet. Ich weiß, Geld hat er, und ich weiß, er ist auf dem Lande, und wenn Sie mir sagen könnten, wie der Poststempel war, dann würde ich Ihnen sehr dankbar sein, und Sie würden einem kleinen Geschäftsmann, der keinen Verlust tragen kann, einen großen Dienst erweisen.‹ ›Ja‹, sagt er, ›ganz gewiß, ich hab nicht gesehen, wie der Poststempel war; alles, was ich weiß, ist, daß Geld in dem Briefe war – ich sollte meinen, zwanzig Mark.‹ Das genügte mir, denn natürlich wußte ich: nun Thompson seiner Frau Geld geschickt hatte, würde sie ihm höchstwahrscheinlich postwendend wiederschreiben, um ihm den Empfang zu bestätigen. So sagte ich ›Danke!‹ zu dem Briefträger und paßte weiter auf. Nachmittags sah ich das kleine Mädchen herauskommen. Natürlich ging ich hinter ihr her. Sie ging in einen Papierladen, und ich brauche wohl nicht zu sagen, daß ich durchs Fenster guckte. Sie kaufte Briefpapier und Umschläge und 'ne Feder. Ich denke bei mir selbst: ›Das genügt!‹, passe auf, wie sie wieder nach Hause geht, und gehe nicht wieder weg, können Sie versichert sein, weil ich doch wußte, Mrs. Thompson schriebe nun ihren Brief an Tally-ho, und der Brief würde sofort besorgt werden. Nach ungefähr 'ner Stunde oder so kam das kleine Mädchen wieder raus, mit dem Brief in der Hand. Ich ging auf das Kind zu und sagte irgendwas zu ihr, was es nun auch grade war; aber die Aufschrift des Briefes konnte ich nicht sehen, weil sie ihn mit dem Siegel nach oben hielt. Ich bemerkte aber, daß der Brief auf der Rückseite hatte, was wir einen Kuß nennen – einen Lacktropfen neben dem Siegel –, und das war mir wieder genug, verstehen Sie. Ich sah, wie sie den Brief zur Post brachte, wartete, bis sie weg war, ging dann in den Laden und fragte nach dem Postmeister. Als der herauskam, sagte ich zu ihm: ›Na, ich bin Beamter bei der Geheimpolizei; hier ist grade eben ein Brief mit einem Kuß hintendrauf zur Post gebracht worden für jemand, den ich suche; und worum ich Sie bitten möchte, ist, daß Sie mich die Aufschrift auf dem Brief lesen lassen.‹ Er war sehr höflich – holte einen Haufen Briefe aus dem Kasten im Fenster – schüttete sie mit der Rückseite nach oben auf den Ladentisch –, und mitten unter ihnen lag der Brief mit dem Kuß, den ich suchte. Er war gerichtet an Mr. Thomas Pigeon, postlagernd B. Also fuhr ich noch in der Nacht nach B. hinunter (hundertachtzig Kilometer oder so). Gleich am nächsten Morgen ging ich aufs Postamt, sah den Verwalter, sagte ihm, wer ich wäre und daß meine Aufgabe sei, denjenigen zu sehen und zu verfolgen, der nach dem Briefe für Mr. Thomas Pigeon käme. Er war sehr höflich und sagte: ›Sie sollen jede Hilfe finden, die ich Ihnen angedeihen lassen kann. Sie können hier im Dienstraum warten; und wir werden aufpassen und es Sie wissen lassen, sobald jemand nach dem Briefe kommt.‹ Schön, ich wartete also drei Tage und fing schon an zu glauben, es würde niemand mehr kommen. Endlich flüsterte der Gehilfe mir zu: ›Hier! Schutzmann! Es ist jemand da nach dem Briefe!‹ ›Halten Sie ihn eine Minute auf‹, sagte ich und rannte hinaus vors Postamt. Da sah ich einen jungen Bengel stehen, der wie ein Stallbursche aussah, der hielt ein Pferd am Zügel und spannte so den Zügel über den Fußweg, während er vor dem Schalter auf den Brief wartete. Ich fing an, das Pferd zu klopfen, und so; und dann sagte ich zu dem Jungen: ›Nanu, das ist doch Mr. Jones sein Pferd!‹ ›Nee. Is es nich.‹ ›Nein?‹ sag ich. ›Sie sieht aber genau wie Mr. Jones seine Stute aus.‹ ›Sie is aber nich Mr. Jones seine Stute, überhaupt‹, sagt er, ›sie gehört Mr. Soundso, im ›Warwick-Wappen‹.‹ Und dann sprang er auf und ging los mit dem Brief und allem. Ich nahm einen Wagen und folgte ihm auf dem Bock und war so rasch hinter ihm, daß ich durch ein Tor auf den Hof im Warwick-Wappen fuhr, als er grade durch das andere kam. Ich ging in den Ausschank, wo ein junges Frauenzimmer bediente, und bat um ein Glas Grog. Gleich drauf kam er herein und gab ihr den Brief. Sie sah ihn so nebenbei an, ohne was zu sagen, und steckte ihn hinter den Spiegel über dem Kamin. Was war nun zu tun?

Ich überlegte es mir, während ich meinen Grog trank (und sah die ganze Zeit über scharf nach dem Briefe aus), konnte aber keinen Ausweg finden. Ich versuchte, ein Unterkommen im Hause zu kriegen, aber da war eine Pferdeschau oder irgend so was, und es war voll. Ich mußte mich woanders unterbringen, aber ein paar Tage lang kam ich immer wieder in den Ausschank, und immer steckte der Brief noch hinter dem Spiegel. Schließlich dachte ich, ich wollte doch mal selbst einen Brief an Mr. Thomas Pigeon schreiben und dann sehen, was das zuwege brächte. Ich schrieb also einen und gab ihn auf die Post, richtete ihn aber absichtlich an Mr. John Pigeon statt an Mr. Thomas Pigeon, um zu sehen, was daraus würde. Am Morgen (es war ein sehr regnerischer Morgen) paßte ich dem Briefträger auf in der Straße und witschte in den Ausschank, grade ehe er zum Warwick-Wappen kam. Gleich darauf kam er mit meinem Briefe herein. ›Wohnt hier ein Mr. John Pigeon?‹ ›Nee! – doch, halt mal eben‹, sagt das Schankmädchen; und holt den Brief hinter dem Spiegel runter. ›Nee‹, sagt sie, ›Thomas heißt er, und der wohnt hier auch nich. Würden Sie mir wohl einen Gefallen tun und den hier für mich mit zur Post nehmen, weil's so naß is?‹ Der Briefträger sagt ja; sie steckte ihn in einen andern Umschlag, schrieb die Aufschrift und gab ihn ihm. Er legte ihn in seinen Hut und zog los.

Ich hatte keine Schwierigkeiten, den Bestellungsort dieses Briefes herauszufinden. Er war an Mr. Thomas Pigeon gerichtet, Postamt zu R., Northamptonshire, postlagernd. Sofort zog ich los nach R.; im Postamt dort sagte ich dasselbe wie in B.; und wieder wartete ich drei Tage, ehe jemand kam. Endlich kam wieder ein Junge zu Pferde. ›Sind Briefe für Mr. Thomas Pigeon da?‹ ›Wo kommst du her?‹ ›Neues Wirtshaus, bei R.‹ Er kriegte seinen Brief, und auch er sauste im Galopp los.

Nun stellte ich Nachforschungen nach dem Neuen Wirtshaus bei R. an, und da ich hörte, es wäre so 'n etwas einsames Haus so für Pferdegeschäfte, ein paar

Kilometer vom Bahnhof, da dachte ich, ich wollte doch mal hin und es mir ansehen. Ich fand es, ganz wie es mir beschrieben war, und bummelte hinein, um mich weiter umzusehen. Die Wirtin stand am Schanktisch, und ich versuchte, eine Unterhaltung mit ihr anzufangen; fragte sie, wie 's Geschäft ginge, und redete über das nasse Wetter und so weiter; und da sah ich durch eine offene Tür in einer Art Wohnstube oder Küche drei Männer am Feuer sitzen; und der eine von diesen Männern war nach der Beschreibung Tally-ho Thompson.

Ich ging hin und setzte mich zu ihnen und versuchte, den fidelen Bruder zu spielen; aber sie waren sehr scheu – wollten überhaupt nicht reden – guckten mich an und einer den andern, alles andere als freundlich. Ich überschlug sie nun mal, und da ich fand, sie wären alle drei größer als ich und sähen sehr eklig aus – daß es doch auch recht einsam wäre, der Bahnhof drei Kilometer weit weg – und daß es Nacht würde –, und da dachte ich, ich könnte nichts Besseres tun als 'nen kleinen Grog nehmen, um bei Stimmung zu bleiben. Also bestellte ich mir einen; und wie ich noch so am Feuer sitze und trinke, steht Thompson auf und geht hinaus.

Nun war das schwierigste, ich war mir nicht sicher, ob es auch wirklich Thompson war, weil ich ihn noch nie zu Gesicht gekriegt hatte; und was mir fehlte, war doch, daß ich seiner ganz sicher wäre. Aber nun gab es nichts anderes, als hinter ihm her zu gehen und den Dicknäsigen zu spielen. Ich fand ihn auf dem Hofe in einer Unterhaltung mit der Wirtin. Hinterher kam heraus, daß er von einem Beamten aus Northampton wegen etwas anderem gesucht wurde und daß er, weil er wußte, dieser Beamte sei pockennarbig (wie ich selbst), mich für diesen gehalten hatte. Wie gesagt, fand ich ihn draußen im Gespräch mit der Wirtin. Ich legte ihm die Hand auf die Schulter – so – und sagte: ›Tally-ho Thompson, es nützt nichts. Ich kenne Sie. Ich bin Beamter aus London und verhafte Sie wegen Kapitalverbrechens!‹ ›Verdammt noch mal!‹ sagt Tally-ho Thompson.

Wir gingen wieder ins Haus, und nun fingen seine beiden Freunde an, ungemütlich zu werden, und sie sahen mir höllisch eklig aus, versichere ich Sie. ›Lassen Sie den Mann los. Was haben Sie mit ihm vor?‹ ›Das will ich Ihnen sagen, was ich mit ihm vorhabe. Ich bringe ihn heut nacht nach London, so wahr ich lebe. Ich bin hier nicht allein, mögen Sie denken, was Sie wollen. Kümmern Sie sich um Ihren eigenen Kram, und halten Sie sich mir aus dem Wege. Das wird für Sie besser sein, denn ich kenne Sie beide auch ganz genau.‹ Ich hatte von ihnen in meinem ganzen Leben nie was gehört noch gesehen, aber daß ich so losging, machte sie etwas bange, und sie hielten sich abseits, während Thompson sich zum Mitgehen fertigmachte. Ich dachte aber doch bei mir, vielleicht würden sie auf der dunklen Landstraße hinter mir herkommen, um Thompson zu befreien; daher sagte ich zu der Wirtin:

›Was für Leute haben Sie im Hause, Frau?‹ ›Wir haben gar keine Leute im Hause‹, sagt sie recht brummig. ›Sie haben aber doch einen Stallknecht, sollte ich meinen?‹ ›Ja, einen Stallknecht haben wir.‹ ›Lassen Sie mich den mal sehen.‹ Er kam gleich herein und war ein strubbelköpfiger junger Bengel. ›Nun paß mal auf, junger Mensch‹, sag ich; ›ich bin ein Geheimpolizist aus London. Dieser Mann hier heißt Thompson. Ich habe ihn wegen schweren Verbrechens verhaftet. Ich will ihn zur Bahn bringen. Im Namen der Königin fordere ich Sie auf, mir zu helfen; und bedenke, mein Freund, du kommst in eine üblere Klemme, als du ahnst, wenn du's nicht tust!‹ Noch nie haben Sie einen Menschen die Augen so weit aufreißen sehen. ›Nun vorwärts, Thompson!‹ sag ich. Aber als ich die Handschellen herausholte, da schreit Thompson: ›Nein! Nichts davon! *Das* will ich nicht! Ich werde ruhig mit Ihnen gehen, aber das lasse ich mir nicht gefallen!‹ ›Tally-ho Thompson‹, sagte ich, ›ich werde mich gegen Sie wie ein Mann benehmen, wenn Sie sich gegen mich auch wie ein Mann benehmen wollen. Geben Sie mir Ihr Wort, daß Sie ruhig mitkommen wollen, dann brauche ich Ihnen keine Handschellen anzulegen.‹ ›Das will ich‹, sagt Thompson, ›aber erst will ich noch ein Glas Branntwein.‹ ›Mir ist's auch schnuppe, ob ich noch eins nehme‹, sag ich. ›Denn wollen wir auch zwei haben, Frau‹, sagten seine Freunde, ›und verdammt noch mal, Schutzmann, Sie werden doch Ihrem Mann auch wohl eins geben, nich?‹ Das war mir recht, und dann führten mein Mann und ich Tally-ho Thompson wohlbehalten an die Bahn, und ich brachte ihn noch in derselben Nacht nach London. Er wurde nachher freigesprochen, wegen eines Fehlers in der Beweisaufnahme; und ich habe immer gehört, er priese mich bis in den Himmel und sagte, ich wäre der beste aller Menschen.«

Während diese Erzählung unter allseitigem Beifall zu Ende gebracht wird, heftet Inspektor Wield nach ein paar ernsthaften Zügen das Auge auf seinen Gastgeber und äußert sich dann folgendermaßen:

»Meiner war auch kein schlechter Einfall, der Plan gegen Fikey, den Mann, der wegen Fälschung der Südwestbahn-Pfandbriefe angeklagt war – es war erst kürzlich –, denn warum? Das will ich Ihnen erzählen.

Ich hatte Nachricht bekommen, Fikey und sein Bruder hätten da drüben«, sein Finger deutete irgendeine Gegend auf der Surrey-Seite des Flusses an – »eine Werkstätte, wo er abgenutztes Fuhrwerk ankaufte. Nachdem ich also vergeblich versucht hatte, ihn auf andere Weise zu fassen, schrieb ich ihm einen Brief unter angenommenem Namen und sagte, ich möchte gern einen Gaul mit 'ner Kutsche loswerden und würde mit dem Gefährt am nächsten Tage zu ihm hinunterfahren, damit er sie sich ansehen und ein Angebot machen könnte – ich sagte, es wäre sehr billig – ein richtiger Gelegenheitskauf. Dann gingen Straw und ich zu einem Freunde von mir, der Lohn- und Mietsfuhrwerk hat, und mieteten ein Gespann für den Tag, und ein hübsches war es – so 'n richtig schickes Ding! Dann fuhren wir also hinunter, mit einem Freunde (der selbst nicht zur Polizei gehört); dann ließ ich meinen Freund in der Chaise dicht bei einem Wirtshaus, auf den Gaul zu passen, und wir gingen nach der Werkstatt, die noch etwas weiter weg lag. In der Werkstatt waren so viel stramme Kerls an der Arbeit, daß es mir klar wurde, als ich sie aufrechnete, hier könnte ich nichts unternehmen. Es waren zu viele für uns. Wir mußten unseren Mann nach draußen kriegen. ›Mr. Fikey zu Hause?‹ ›Nee.‹ ›Wird er bald zurückerwartet?‹ ›Wieso, nee, so bald nich.‹ ›Ach! ist denn sein Bruder da?‹ ›Der bin ich.‹ ›Och, nein, das ist aber wirklich ein Pech. Ich hab ihm gestern geschrieben und ihm mitgeteilt, ich hätte ein kleines Fuhrwerk zu verkaufen, und nun hab ich mir all die Mühe gemacht und bin bloß deswegen heruntergefahren, und nun ist er nicht da.‹ ›Nee, er is nich da. Sie könnten wohl nich wieder vorbeikommen?‹ ›Wieso, nee, das geht nicht. Ich will das Ding loswerden, tatsächlich; und aufschieben kann ich's auch nicht. Können Sie ihn denn nicht irgendwo auftreiben?‹ Zuerst sagte er nein, das könnte er nicht, und dann wußte er es nicht ganz bestimmt, und dann wollte er mal nachsehen. So ging er schließlich nach oben, wo so 'ne Art Heuboden war, und da kommt auch schon mein Mann selber in Hemdsärmeln herunter.

›Na‹, sagt er, ›Sie scheinen es ja mächtig eilig zu

haben.‹ ›Ja‹, sag ich, ›in der Tat, und Sie werden sehen, es ist wirklich ein Gelegenheitskauf – dreckig billig.‹ ›Ich kann grade jetzt eigentlich nichts brauchen‹, sagt er, ›aber wo is es denn?‹ ›Ja‹, sag ich, ›der Wagen steht da draußen. Kommen Sie, sehen Sie ihn sich mal an.‹ Er hatte keinerlei Verdacht, und so zogen wir los. Und das erste, was sich ereignet, ist, daß der Gaul mit meinem Freunde durchgeht (der vom Fahren nicht mehr Ahnung hat als ein neugeborenes Kind), wie er ihn mal so 'nen kleinen Trab die Straße hinunter machen läßt, um Fikey seine Gangart zu zeigen. Nie im Leben haben Sie so 'nen Ulk gesehen!

Sobald dem Gaul das Durchbrennen nun vergangen war und der Wagen wieder stillesteht, da geht Fikey so rund um ihn herum, ernsthaft wie ein Richter – ich auch. ›Da, Herr!‹ sag ich, ›das ist doch ein feines Ding!‹ ›'ne schlechte Sorte ist's nich‹, sagt er. ›Das mein' ich‹, sag ich. ›Und ein Gaul!‹ – denn ich merkte, wie er den ansah. ›Geht ins achte!‹ sag ich und reib ihm die Vorderhand. (Du lieber Gott, in der ganzen Welt gibt's keinen Menschen, der weniger von Pferden versteht als ich, aber ich hatte meinen Freund da im Stalle sagen hören, er wäre beinahe acht Jahre, und deshalb sagte ich so sachverständig wie möglich: ›Geht ins achte!‹) ›Geht ins achte? so?‹ sagt er. ›Na‹, sagt er, ›was wollen Sie denn dafür haben?‹ ›Ja, mein Erstes und Letztes für den ganzen Kram ist fünfhundert Mark!‹ ›Das is sehr billig!‹ sagt er und sieht mich an. ›Nicht wahr?‹ sag ich.

›Ich hab Ihnen ja gesagt, es ist ein Gelegenheitskauf. Nun, ohne lange zu schachern, was ich will, ist es zu verkaufen, und das ist mein Preis. Ich will's Ihnen auch noch weiter erleichtern und bloß die Hälfte in bar haben, und für den Rest können Sie mir denn ja so 'nen kleinen Wechsel geben.‹ ›Ja‹, sagt er, ›das is sehr billig.‹ ›Glaub ich‹, sag ich; ›steigen Sie mal ein und versuchen ihn selbst, denn werden Sie ihn schon kaufen. Kommen Sie, machen Sie mal einen Versuch!‹

Wahrhaftigen Gott, er steigt ein, und wir auch, und dann fahren wir so die Straße hinunter, um ihn einem der Eisenbahnbuchhalter zu zeigen, der im Wirtshaus am Fenster versteckt war, um seine Persönlichkeit festzustellen. Aber der Buchhalter war verwirrt und wußte nicht, wäre er es oder nicht – denn warum? Das will ich Ihnen sagen – weil er sich den Bart abgenommen hatte. ›Is 'n fixer kleiner Gaul‹, sagt er, ›un 'n guter Traber; un die Chaise läuft auch fein.‹ ›Kein Zweifel‹, sag ich. ›Und nun, Mr. Fikey, kann ich's ja auch gleich ins reine bringen, ohne mehr von Ihrer Zeit zu vertrödeln. Die Sache ist nämlich die, ich bin Inspektor Wield, und Sie sind mein Gefangener.‹ ›Das ist doch woll nich wahr?‹ sagt er. ›Doch, wirklich.‹ ›Denn hol mich der Teufel‹, sagt Fikey, ›wenn das nich zu dumm is.‹ Wohl noch nie haben Sie jemand vor Überraschung so über den Haufen geworfen gesehen. ›Ich hoffe doch, Sie werden mich meinen Rock holen lassen?‹ sagt er. ›Selbstverständlich.‹ ›Na, denn lassen Sie uns man nach der Werkstätte fahren.‹ ›Na, so vielleicht nun nicht grade, meine ich‹, sagte ich; ›da bin ich heute schon mal gewesen. Was meinen Sie, wenn wir ihn holen ließen?‹ Er sah, es nutzte nichts, also ließ er ihn holen und zog ihn an, und wir fuhren ihn nach London, ganz bequem.«

Die Erinnerung steht noch auf der Höhe ihres Erfolges, als eine allgemeine Aufforderung an den frisch aussehenden, glattrasierten Beamten ergeht, der so merkwürdig einfältig aussieht, doch mal die ›Schlachter-Geschichte‹ zu erzählen.

Der frisch aussehende, glattrasierte Beamte mit der merkwürdig einfältigen Miene begann mit einem bäuerlichen Lächeln und in weicher, einschmeichelnder Stimme die Schlachter-Geschichte folgendermaßen zu erzählen:

»Es ist jetzt grade ungefähr sechs Jahre her, als Scotland Yard benachrichtigt wurde, in ein paar großen Geschäften in der City kämen ausgedehnte Diebstähle von Seide und Batist vor. Es erging Anweisung, sich die Sache mal anzusehen; und Straw und Fendall und ich waren alle drin.«

»Als Sie Ihre Anweisungen erhalten hatten«, warfen wir ein, »zogen Sie los und hielten erst mal zusammen eine Art Ministerrat?« Der glattrasierte Beamte erwiderte liebenswürdig: »Jaa, ganz recht. Wir überlegten es uns recht gründlich. Es schien, als wir uns dranmachten, als würde die Ware von den Hehlern außerordentlich billig verkauft – viel billiger, als es möglich gewesen wäre, wenn sie auf ehrliche Weise dazu gekommen wären. Die Hehler gehörten zu dem gleichen Geschäftszweige und besaßen große Läden – hochangesehene Geschäfte –, einer drunter in West End und einer in Westminster. Nach mächtig viel Erkundigungen und Überwachungen und so allerlei unter uns dreien fanden wir heraus, daß das eigentliche Geschäft und der Verkauf der gestohlenen Ware in einem kleinen Wirtshause dicht bei Smithfield stattfände, da unten bei Saint Bartholomew, wo die Packer aus den Warenhäusern, die die Diebe waren, sie deswegen hinbrachten, sehen Sie wohl? und sich dorthin mit den Leuten verabredeten, die zwischen ihnen und den Hehlern hin- und hergingen. Dies Wirtshaus wurde hauptsächlich von Schlachtergesellen vom Lande besucht, die keine Stelle hatten und eine suchten; also, was tat ich, als – hahaha! –, wir machten aus, ich sollte mich als Schlachter verkleiden und hingehen und dort wohnen!«

Sicher ist keine Beobachtungsgabe je besser angewandt worden als die, die grade diesen Beamten für seine Rolle aussuchte. Nichts auf Erden hätte ihm besser stehen können. Noch während er sprach, wurde er wieder ein fettiger, schläfriger, scheuer, gutmütiger, dämlicher, argloser, vertrauensseliger junger Schlachter. Sein Haar schien sogar wieder eingetalgt zu sein, als er es sich auf dem Kopfe glattstrich, und seine frische Haut durch große Mengen Fleischnahrung glänzend zu werden.

»Also –, hahaha!« (jedesmal mit dem vertrauensseligen Gekicher des dämlichen jungen Schlachters), »also ich verkleidete mich ganz vorschriftsmäßig, machte mir ein kleines Zeugbündel zurecht, ging in das Wirtshaus und fragte, ob ich wohl unterkommen könnte. Sie sagen: ›Ja, unterkommen kannst du hier wohl‹, und ich kriegte eine Kammer und setzte mich unten im Ausschank fest. Da waren so allerhand Leute drin und kamen und gingen ein und aus; und erst sagt der eine und denn der andere: ›Kommen Sie vom Lande, junger Mann?‹ ›Ja‹, sag ich, ›da komm ich her. Ich komme von Northamptonshire und bin hier ganz alleine, denn London kenn ich ganz und gar nich, und es ist so 'ne mächtig große Stadt.‹ ›Ja, 'ne große Stadt ist es‹, sagen sie. ›Oh, es is 'ne riesig große Stadt!‹ sag ich. ›Gewiß und wahrhaftig, in so 'ner Stadt bin ich noch nie nich gewesen. Sie macht mich ganz wirrelich!‹ – und so dergleichen, wissen Sie.

Als ein paar von den Lohnschlachtern, die auch in dem Hause verkehrten, nun herausfanden, ich suchte 'ne Stelle, da sagten sie: ›Och, 'ne Stelle wollen wir woll für dich kriegen!‹ Und tatsächlich schleppten sie mich auch zu 'ner Masse von Stellen, nach Newgate Market, nach Newport Market, nach Clare, nach Carnaby, – ich weiß nicht wo überall hin. Aber – hahaha! – der Lohn genügte mir nirgends, und ich fand nichts Passendes, sehen Sie wohl? Ein paar von den sonderbaren Gästen waren erst etwas mißtrauisch gegen mich, und ich mußte tatsächlich bei meinen Mitteilungen an Straw und Fendall sehr vorsichtig sein. Zuweilen, wenn ich ausging, tat ich so, als bliebe ich vor Schaufenstern stehen, und sah mich dann vorsichtig um, und dann sah ich gewöhnlich, wie welche von ihnen hinter mir her waren; aber vielleicht war ich hieran besser gewöhnt, als sie dachten, an diese Art Geschichten, und führte sie dann an der Nase herum, soweit es mir grade Spaß machte oder ich es für passend hielt – manchmal weite Wege –, und dann drehte ich mich mit einemmal um und lief auf sie zu und sagte: ›Ochott, was bin ich froh, daß ich Sie hier finde, zu meinem Glück! Was ist dies London für 'n Nest, verdammt noch mal, wenn ich mich nicht schon wieder verlaufen habe!‹ Und dann gingen wir wieder zurück, alle zusammen, nach dem Wirtshause, und – hahaha! – und schmökten unsere Pfeifen, sehen Sie?

Sie waren sehr aufmerksam gegen mich, gewiß. Es war etwas ganz Gewöhnliches, solange ich dort wohnte, daß ein paar von ihnen mich mit aus nahmen und mir London zeigten. Sie zeigten mir die Gefängnisse – zeigten mir Newgate – und als sie mir das zeigten, blieb ich an der Stelle stehen, wo die Dienstmänner ihre Sachen absetzen, und sag: ›Och du lieber Gott! hier werden die Leute wohl aufgehängt? Och Heer!‹ ›Hier?‹ sagen sie. ›Was für 'n Schafskopf das ist! Hier ist das nicht!‹ Und dann zeigten sie mir, wo es war, und ich sag: ›Och Heer!‹, und sie sagen: ›Nun wirst du's wohl wiedererkennen, was?‹ Und ich sag, ich glaubte wohl, wenn ich's ordentlich versuchte – und ich kann Ihnen die Versicherung geben, ich guckte scharf nach der Stadtpolizei aus, wenn wir so in diese Gegend kamen, denn hätte mich einer von ihnen wiedererkannt und mich angesprochen, denn wär im Augenblick alles aus gewesen. Aber zu meinem Glück kam so was nie vor, und alles ging ruhig seinen Gang; obgleich die Schwierigkeiten für mich im Verkehr mit meinen Freunden ganz unglaublich waren.

Die gestohlene Ware wurde also immer durch die Packer aus den Warenhäusern in das Wirtshaus geschafft und hier in einem Hinterzimmer an den Mann gebracht. Lange Zeit konnte ich nie in dieses Hinterzimmer hinein oder auch nur sehen, was dort vorging. Wenn ich so wie ein unschuldiger junger Bengel am Feuer im Schankzimmer meine Pfeife rauchte, dann konnte ich hören, wie einzelne Teilnehmer an den Diebstählen beim Kommen und Gehen den Wirt ganz leise fragten: ›Wer ist das? Was macht der hier?‹ ›Ach du lieber Gott!‹, sagt der Wirt dann, ›das is bloß so 'n grüner junger Bursche vom Lande, der 'ne Stelle als Schlachter sucht. Um den kümmert euch man nich!‹ Im Laufe der Zeit wurden sie also so von meiner Grünheit überzeugt und gewöhnten sich so an mich, daß ich in das Hinterzimmer genausogut wie jeder von ihnen hinein durfte, und ich habe dort in einer Nacht für nicht weniger als vierzehnhundert Mark feinen Batist verkaufen sehen, der aus einem Warenhaus in Friday Street gestohlen war. Nach dem Verkauf gaben die Käufer jedesmal einen aus – warmes Abendbrot, oder Essen, oder was sonst noch alles, und bei solchen Gelegenheiten hieß es dann immer: ›Komm her, Schlachter! Setz mal dein bestes Bein vor, Bengel, und heran mit dir!‹ Und das pflegte ich dann auch zu tun – und beim Essen allerlei zu hören, was für uns Geheimpolizisten ganz besonders wertvoll zu wissen war.

Dies ging so etwa zehn Wochen lang. Ich wohnte die ganze Zeit über in dem Wirtshause und kam nie aus meinem Schlachterkittel heraus – außer im Bett. Schließlich, als ich sieben der Diebe aufgespürt und sie zurechtgemacht hatte – das ist so einer von unsern Ausdrücken, sehen Sie, mit denen wir meinen, daß wir sie aufgespürt und herausgefunden haben, wo sie ihre Diebstähle begehen, und alles, was dazugehört –, gaben Straw und Fendall und ich uns die nötigen Winke, und nachdem wir eine bestimmte Zeit verabredet hatten, fielen sie über das Wirtshaus her, und die Verhaftungen wurden vorgenommen. Beinahe das erste, was die Beamten taten, war, daß sie mich festnahmen – denn die Teilnehmer an den Diebstählen sollten einstweilen noch nichts anderes denken, als daß ich ein Schlachter wäre –, und da schreit der Wirt: ›Den nehmt doch nicht‹, sagt er, ›was ihr sonst auch vorhabt! Er ist bloß ein armer junger Kerl vom Lande, dem die Butter noch nicht im Munde schmilzt!‹ Aber sie – hahaha! – sie nahmen mich doch und taten so, als ob sie meine Schlafkammer durchsuchten, wo aber nichts gefunden wurde als eine alte Fiedel, die dem Wirte gehörte, die da auf irgendwelche Weise hingekommen war. Aber das stieß die Meinung des Wirtes vollkommen um, denn sowie sie hervorgebracht wurde, sagte er: ›Meine Fiedel! Der Schlachter ist also ein Dieb! Dann lasse ich ihn wegen Diebstahls eines Musikinstruments verhaften!‹

Der Mann, der die Ware in Friday Street gestohlen hatte, war noch nicht gefaßt. Er hatte mir im Vertrauen erzählt, er habe den Argwohn, da sei irgendwas nicht in Ordnung (weil die Stadtpolizei einen von der Bande gefaßt hatte), und er mache sich lieber dünne. Ich fragte ihn: ›Wo wollen Sie denn aber hin, Mr. Sheperdson?‹ ›Wieso, Schlachter, der ›Untergehende Mond‹ auf der Commercial Road ist ein behagliches Haus, und da werde ich mich mal für 'ne Zeitlang aushängen. Ich werde mich Simpson nennen, das kommt mir wie so 'n ganz bescheidener Name vor. Vielleicht guckst du mal herein, Schlachter?‹ ›Ja‹, sag ich, ›ich denke, ich werde Sie wohl mal besuchen‹ – was ich durchaus beabsichtigte, denn natürlich mußte er doch gefaßt werden. Am nächsten Tage ging ich also zum Untergehenden Mond hinüber, mit noch einem Beamten, und fragte am Ausschank nach Simpson. Sie zeigten mir seine Kammer oben. Als wir hinaufgingen, guckte er grade über das Treppengeländer herunter und fragte: ›Hallo! Schlachter, bist du das?‹ ›Jawohl, ich bin's. Wie geht's?‹ ›Ganz vergnügt‹, sagt er; ›wer ist denn das da bei dir?‹ ›Bloß ein junger Mann, ein Freund von mir‹, sag ich. ›Denn komm man‹, sagt er; ›jeder Freund des Schlachters ist gradeso willkommen wie er selbst!‹ Da stellte ich ihm meinen Freund vor, und wir führten ihn ab.

Sie machen sich keine Vorstellung davon, Herr, was das vor Gericht für 'n Anblick war, als sie zuerst erfuhren, ich wäre überhaupt gar kein Schlachter! Bei der ersten Untersuchung wurde ich nicht aufgerufen; aber bei der zweiten war ich. Und als ich in voller Polizeiuniform in die Schranken trat und die ganze Gesellschaft sah, wie sie hereingelegt worden war, da ging tatsächlich ein Stöhnen vor Schrecken und Ärger durch die ganze Anklagebank.

Als ihre Sache in Old Bailey drankam, hatte Mr. Clark sie zu verteidigen, und er konnte die Sache mit dem Schlachter nicht spitzkriegen. Er glaubte immer, es handle sich um einen richtigen Schlachter. Als der Staatsanwalt sagte: ›Jetzt, meine Herren, werde ich den Polizeibeamten aufrufen‹, womit er mich meinte, da sagt Mr. Clark: ›Wieso den Polizeibeamten? Weshalb noch mehr Polizeibeamte? Ich will von der Polizei gar nichts wissen. Wir haben schon viel zuviel von der Polizei gehört. Den Schlachter will ich!‹ Er bekam aber den Schlachter und den Polizeibeamten in einem, Herr. Von den sieben in Untersuchung befindlichen Angeklagten wurden fünf schuldig befunden, und ein paar wurden verschickt. Das hochangesehene Geschäft in

West End wurde ’ne Zeitlang ins Gefängnis gesteckt; und das ist die Geschichte vom Schlachter!«

Sobald die Geschichte erledigt war, verwandelte sich der dämliche Schlachter wieder in den glattgesichtigen Geheimpolizisten. Er fühlte sich indessen wohl immer noch außerordentlich gekitzelt durch die Art, wie sie ihn in London herumgeschleppt hätten, um es ihm zu zeigen, während er doch so ’n verkleideter Drache war, daß er nicht anders konnte, als noch einmal auf diesen Punkt seiner Erzählung zurückzukommen; und leise wiederholte er mit seinem Schlachter-Kichern: »›Ach du lieber Gott!‹ sag ich, ›hier werden die Leute wohl aufgehängt? Och Heer!‹ Da sagen sie: ›Hier! Was für’n Schafskopf das ist!‹«

Es war spät geworden, und da die Gesellschaft, in ihrer Furcht, sich zu sehr zu verbreiten, äußerst bescheiden war, machten sich einige Zeichen bevorstehender Trennung bemerkbar; da sagte Sergeant Dornton, der soldatisch aussehende Mann, indem er sich mit einem Lächeln umsah:

»Vielleicht möchten Sie noch, ehe wir aufbrechen, etwas Spaß daran finden, Herr, die Abenteuer einer gestickten Reisetasche zu hören. Sie sind sehr kurz und, meiner Ansicht nach, sonderbar.«

Wir hießen die Reisetasche willkommen, gradeso herzlich, wie Mr. Shepherdson den falschen Schlachter im Untergehenden Mond willkommen geheißen hatte. Sergeant Dornton legte los:

»1847 wurde ich nach Chatham geschickt, um einen gewissen Mesheck, einen Juden, zu suchen. Er hatte längere Zeit recht kräftig Wechsel gestohlen, indem er sich von jungen Leuten mit guten Beziehungen (meist im Heere) Akzepte ausstellen ließ, unter der Vorspiegelung, er werde ihnen Diskont geben, und dann damit durchging.

Mesheck war weg, ehe ich nach Chatham kam. Alles, was ich über ihn in Erfahrung bringen konnte, war, daß er weg wäre, wahrscheinlich nach London, und daß er bei sich habe – eine gestickte Reisetasche.

Ich fuhr mit dem letzten Zuge von Blackwall wieder in die Stadt und stellte Nachforschungen nach einem jüdischen Reisenden an mit einer – gestickten Reisetasche.

Der Schalter war schon geschlossen, da dies der letzte Zug gewesen war. Es waren nur noch zwei oder drei Kofferträger da. Auf der Blackwall-Strecke, die damals Hauptstrecke nach einem großen militärischen Lagerplatz war, nach einem Juden mit einer gestickten Reisetasche zu suchen war schlimmer als nach einer Nadel in einem Heuschober. Aber zufällig hatte einer der Kofferträger für einen gewissen Juden nach einem gewissen Gasthofe eine gewisse – gestickte Reisetasche getragen.

Ich ging in den Gasthof, aber der Jude hatte bloß sein Gepäck für ein paar Stunden dagelassen und hatte es dann im Wagen abgeholt und mitgenommen. Ich richtete nun hier an die Leute und an den Kofferträger derartige Fragen, wie ich sie für angebracht hielt, und erhielt so folgende Beschreibung der – gestickten Reisetasche: Es war eine Tasche, die auf einer Seite in Stickerei einen grünen Papagei auf einem Ständer trug. Ein grüner Papagei auf einem Ständer war also das Mittel zur Feststellung – der gestickten Reisetasche.

Mit Hilfe dieses grünen Papageis auf seinem Ständer folgte ich Mesheck nun nach Cheltenham, nach Birmingham, nach Liverpool, bis an den Atlantischen Ozean. In Liverpool setzte er mich matt. Er war nach den Vereinigten Staaten gegangen, und ich verabschiedete jeden Gedanken an Mesheck und seine – gestickte Reisetasche.

Viele Monate später – fast ein Jahr später – wurde eine Bank in Irland um hundertvierzigtausend Mark beraubt durch eine Persönlichkeit namens Dr. Dundey, die nach Amerika entkam; aus dem Lande kamen ein paar der gestohlenen Noten zurück. Man nahm an, er habe einen Hof in New Jersey gekauft. Wurde die Sache richtig angefaßt, so konnte dieser Grundbesitz zugunsten der von ihm Betrogenen beschlagnahmt und verkauft werden. Ich wurde zu dem Zwecke nach Amerika geschickt.

Ich landete in Boston. Ich fuhr weiter nach New York. Ich fand, er habe kürzlich New Yorker Papiergeld in New Jerseyer umgewechselt und in New Brunswick auf einer Bank Bargeld eingezahlt. Um diesen Dr. Dundey zu fassen, war es nötig, ihn in den Staat New

York hinüberzulocken, was ein gut Teil Verschlagenheit kostete und Mühe machte. Einmal konnte er zu keiner Verabredung herangekriegt werden. Ein anderes Mal hatte er zugesagt, mich und einen New Yorker Beamten unter einem von mir erfundenen Vorwand zu treffen; und da kriegten seine Kinder die Masern. Schließlich kam er auf einem Dampfer, und ich verhaftete ihn und brachte ihn in einem New Yorker Gefängnis unter, das ›The Tombs‹ heißt; das Sie doch wohl kennen, Herr?«

Zustimmung der Schriftleitung in dieser Hinsicht.

»Am Morgen nach seiner Verhaftung fuhr ich nach den Tombs, um seiner Vernehmung vor den dortigen Beamten beizuwohnen. Ich ging durch das Dienstzimmer des Beamten, und als ich so zufällig mir die Ortsgelegenheit ansehe, wie wir das für gewöhnlich tun, da fällt mein Auge in einer Ecke auf eine – gestickte Reisetasche.

Was sollte ich nun auf dieser gestickten Reisetasche, wenn Sie mir Glauben schenken wollen, erblicken als – einen grünen Papagei auf seinem Ständer, in Lebensgröße!

›Die Reisetasche da mit der Darstellung eines grünen Papageis auf seinem Ständer‹, sage ich, ›gehört einem englischen Juden namens Aaron Mesheck und niemand anders, lebendig oder tot!‹

Ich gebe Ihnen mein Wort, die New Yorker Beamten klappten vor Überraschung völlig zusammen.

›Wie haben Sie das bloß herausgekriegt?‹ fragten sie.

›Ich meine, den grünen Papagei da auf seinem Ständer sollte ich allmählich wohl kennen‹, sagte ich; ›hinter dem Vogel her habe ich zu Hause doch den lustigsten Tanz aufgeführt, den ich in meinem ganzen Leben gesehen habe!‹« »Und war es denn Meshecks?« fragten wir ganz ergeben.

»Ob es seine war? Natürlich war es seine! Er saß wegen eines andern Vergehens in Haft, eben hier in den Toms, zur selben Zeit. Und noch mehr! Ein paar Aufzeichnungen über den Betrug, dessentwegen ich ihn vergeblich zu fassen gesucht hatte, fanden wir im selbigen Augenblick eben hier in dieser – gestickten Reisetasche!«

Es sind so eigenartige Zusammentreffen und die besondere Geschicklichkeit, die durch Übung immer schärfer und besser wird, sich jeder Besonderheit der Umstände anpaßt und sich gegen jeden neuen Plan richtet, den übel angewandter Verstand erfinden kann, durch die dieser wichtige Zweig des öffentlichen Dienstes auffällt. Stets auf der Hut, den Geist aufs äußerste angespannt, müssen diese Beamten sich von Tag zu Tag und Jahr zu Jahr gegen jede Neuheit an Kniffen und Pfiffen wenden, die die vereinte Einbildungskraft aller außerhalb des Gesetzes stehenden Schurken von ganz England aushecken kann, und mit jeder ans Licht der Öffentlichkeit kommenden Erfindung dieser Art Schritt halten. Vor Gericht wird der Inhalt von Tausenden solcher Erzählungen, wie wir sie gebracht haben – manchmal durch die näheren Umstände des Falles ins Abenteuerliche und Wunderbare erhoben –, trocken in die stehende Redensart zusammengefaßt: ›Infolge erhaltener Nachrichten tat ich dies und das.‹ Der Verdacht mußte durch sorgfältige Vergleiche und Schlußfolgerungen auf die richtige Persönlichkeit gelenkt werden; die richtige Persönlichkeit mußte gefaßt werden; wohin immer sie gegangen ist oder was sie auch getan hat, um Entdeckung zu verhüten; sie wird gefaßt; da steht sie vor den Schranken; das genügt. Infolge erhaltener Nachrichten habe ich, der Beamte, dies getan; und nach feststehendem Brauch in solchen Fällen sage ich weiter nichts.

Diese mit lebenden Figuren gespielten Schachaufgaben werden nur vor einer kleinen Zuhörerschaft gespielt und nirgends aufgezeichnet. Das Fesselnde des Spiels hält die Spieler in Bann. Für die Rechtspflege ist sein Endergebnis genügend. Um etwas Großes mit dem Kleinen hier zu vergleichen, denke man sich einmal, Leverrier oder Adams teilten der Öffentlichkeit mit, infolge ihnen zugegangener Nachrichten hätten sie einen neuen Planeten entdeckt; oder Columbus hätte der Öffentlichkeit seiner Zeit mitgeteilt, infolge ihm zugegangener Nachrichten hätte er ein neues Festland entdeckt; so teilen ihr die Geheimpolizisten die Entdekkung eines neuen Verbrechens oder eines alten Verbrechers mit, und ihr Vorgehen bleibt unbekannt.

So gingen die Mitteilungen unserer sonderbaren und fesselnden Gesellschaft um Mitternacht zu Ende. Ein anderer Umstand aber brachte den Abend zu einem letzten Abschluß, nachdem unsere Gäste von der Geheimpolizei uns verlassen hatten. Einem der schärfsten unter ihnen, und dem, der am besten mit der feinen Gaunerschaft bekannt war, wurden auf dem Heimwege die Taschen ausgeräumt.

Die Handschuhe

»Das ist 'ne merkwürdige Geschichte«, sagte Inspektor Wield von der Geheimpolizei, der uns zusammen mit den Sergeanten Dornton und Mith eines Juniabends abermals einen Besuch abstattete, »und ich dachte, Sie möchten sie vielleicht hören.

Sie betrifft den Mord an einem jungen Frauenzimmer, Elizabeth Grimwood, vor ein paar Jahren, da drüben in Waterloo Road. Sie wurde für gewöhnlich ›die Gräfin‹ genannt wegen ihres hübschen Aussehens und der stolzen Art ihres Benehmens; und als ich die arme Gräfin (ich hatte mit ihr auf Unterhaltungsfuß gestanden) tot mit durchschnittener Kehle daliegen sah, auf dem Fußboden ihrer Kammer, da flog mir so allerlei durch den Kopf, was einen wohl traurig machen kann, dürfen Sie mir glauben. Aber das gehört nicht hierher. Ich ging am Morgen nach der Mordtat in das Haus und untersuchte die Leiche, stellte auch eine allgemeine Untersuchung der Kammer an, in der sie lag. Wie ich so mit der Hand das Kissen im Bett umdrehte, fand ich darunter ein Paar Handschuhe. Ein Paar Herrenhandschuhe, sehr schmutzig; und innen drin die Buchstaben Tr. und ein Kreuz.

Na, Herr, die Handschuhe nahm ich mit und zeigte

sie dem Untersuchungsrichter drüben in Union Hall, dem der Fall vorlag. Er sagte: ›Wield‹, sagt er, ›da ist kein Zweifel, dies ist eine Entdeckung, die zu etwas sehr Wichtigem führen kann; und was Sie zu tun haben, Wield, ist, den Besitzer dieser Handschuhe ausfindig zu machen.‹

Dieser Ansicht war ich natürlich auch und machte mich sofort daran. Ich sah mir die Handschuhe recht hübsch genau an und kam zu der Auffassung, sie wären gereinigt. Sie hatten so 'nen Geruch nach Schwefel und Harz an sich, wissen Sie, den gereinigte Handschuhe für gewöhnlich haben, mehr oder weniger. Ich nahm sie also zu einem meiner Freunde mit nach Kennington, der in diesem Fache arbeitet, und legte sie ihm vor. ›Was sagst du dazu? Sind diese Handschuhe gereinigt?‹ ›Die Handschuhe sind gereinigt‹, sagt er. ›Hast du 'ne Ahnung, wer sie gereinigt hat?‹ ›Nicht die geringste‹, sagt er; ›ich habe 'ne sehr bestimmte Ahnung, wer sie nicht gereinigt hat, und das bin ich selbst. Aber ich will dir was sagen, Wield, es gibt in London nicht mehr als acht oder neun ordentliche Handschuhreiniger‹, – damals waren es anscheinend wirklich nicht mehr – ›und ich denke, ich kann dir ihre Wohnungen angeben, und dadurch kannst du denn ja herausfinden, wer sie gereinigt hat.‹ Also er machte mir seine Angaben, und ich ging hierhin, ich ging dahin und besuchte diesen und besuchte jenen; aber wenn sie auch alle überein-stimmten, die Handschuhe wären gereinigt, konnte ich doch weder Mann noch Frau oder Kind herausfinden, der dies besagte Paar Handschuhe gereinigt hatte.

Und wie nun so der eine nicht zu Hause war und der andere erst nachmittags zurückerwartet wurde und so weiter, kostete mich die Nachforschung drei Tage. Als ich am Abend des dritten Tages ganz tot von der Surrey-Seite des Flusses über Waterloo Bridge komme und ganz verärgert und entmutigt bin, da denke ich, ich könnte mir wohl so für 'ne Mark ein kleines Vergnügen im Lyceum-Theater gönnen, um mich etwas aufzufrischen. Also ging ich ins Parterre, zu halbem Preis, und setzte mich neben einen sehr ruhigen, bescheidenen jungen Mann. Als der sah, daß ich fremd war (ich dachte, es wäre gut, so zu tun), nannte er mir die Namen der Schauspieler auf der Bühne, und wir kamen ins Gespräch. Als die Vorstellung aus war, gingen wir zusammen nach draußen, und ich sagte: ›Wir sind so gut miteinander ausgekommen, vielleicht würden Sie nichts gegen einen Kleinen einzuwenden haben?‹ ›Na, Sie sind sehr freundlich‹, sagt er; ›ich hätte nichts dagegen einzuwenden.‹ Also gingen wir in ein Wirtshaus nahe beim Theater, setzten uns oben im ersten Stock in ein ruhiges Zimmer und bestellten uns jeder einen halben Liter Halb-und-halb und 'ne Pfeife.

Ja, Herr, dann nahmen wir unsere Pfeifen an Bord und tranken unser Halb-und-halb und saßen da und schwatzten sehr behaglich, als der junge Mann sagt: ›Sie müssen entschuldigen, wenn ich nicht sehr lange bleibe‹, sagt er, ›denn ich muß früh nach Hause. Ich muß die ganze Nacht durch arbeiten.‹ ›Die ganze Nacht durch arbeiten?‹ sage ich. ›Sind Sie Bäcker?‹ ›Nein‹, sagt er und lacht, ›Bäcker bin ich nicht.‹ ›Das dachte ich mir doch, Sie sehen gar nicht aus wie ein Bäcker.‹ ›Nein‹, sagte er, ›ich bin Handschuhreiniger.‹

In meinem Leben war ich nicht so erstaunt, als wie ich diese Worte über seine Lippen kommen hörte. ›Sie sind Handschuhreiniger?‹ sage ich. ›Ja‹, sagt er, ›das bin ich.‹ ›Dann‹, sage ich und hole die Handschuhe aus meiner Tasche, ›können Sie mir vielleicht sagen, wer diese Handschuhe gereinigt hat? Es ist 'ne sonderbare Geschichte‹, sage ich. ›Ich aß neulich drüben in Lambeth zu Abend – 'ne lustige Kneipe war es – ganz gemischt – Zutritt frei –, und da ließ ein Herr diese Handschuhe liegen! Nun, sehen Sie, da haben ein anderer Herr und ich um zwanzig Mark gewettet, daß ich herauskriegen wollte, wem sie gehören. Sieben Mark habe ich schon ausgegeben bei meinen Versuchen, ihn aufzufinden; aber wenn Sie mir helfen würden, würde ich nochmal sieben Mark ausgeben, und das gern. Sehen Sie, da steht Tr. und ein Kreuz drin.‹ ›Ich sehe‹, sagt er. ›Lieber Gott, die Handschuhe kenne ich sehr gut! Dutzende habe ich gesehen, die alle demselben Kunden gehörten.‹ ›Nein!‹ sage ich. ›Dann wissen Sie, wer sie gereinigt hat?‹ sag ich. ›So ziemlich‹, sagt er. ›Mein Vater hat sie gereinigt.‹

›Wo wohnt denn Ihr Vater?‹ sage ich. ›Grade um die

Ecke‹, sagt der junge Mann, ›hier, nahe Exeter Street. Der wird ihnen sofort sagen, wem sie gehören.‹ ›Würden Sie jetzt gleich mit mir hingehen?‹ sage ich. ›Gewiß‹, sagt er, ›aber Sie brauchen meinem Vater nicht zu sagen, daß Sie mich im Theater getroffen haben, wissen Sie, weil er das vielleicht nicht gern hat.‹ ›Schön!‹ Wir gingen also nach der Wohnung und fanden dort einen alten Mann in weißer Schürze, mit zwei oder drei Töchtern, alle in einem Vorderzimmer auf ganze Haufen von Handschuhen drauflosreibend und -waschend. ›Oh, Vater!‹ sagt der junge Mann, ›hier hat jemand gewettet, wem diese Handschuhe wohl gehörten, und ich hab ihm gesagt, du könntest das feststellen.‹ ›Guten Abend, Herr‹, sag ich zu dem alten Mann. ›Hier sind die Handschuhe, von denen Ihr Sohn gesprochen hat. Die Buchstaben Tr., sehen Sie, und ein Kreuz.‹ ›O ja‹, sagt er, ›die Handschuhe kenne ich sehr gut; von denen habe ich Dutzende von Paaren gereinigt. Sie gehören Mr. Trinkle, dem großen Möbelhändler in Cheapside.‹ ›Haben Sie sie unmittelbar von Mr. Trinkle bekommen‹, sage ich, ›wenn Sie die Frage entschuldigen wollen?‹ ›Nein‹, sagt er; ›Mr. Trinkle schickt sie immer zu Mr. Phibbs, dem Schnittwarenhändler, seinem eigenen Laden gegenüber, und der Schnittwarenhändler schickt sie zu mir.‹ ›Vielleicht hätten Sie auch nichts gegen einen Kleinen einzuwenden?‹ sage ich. ›Ganz und gar nicht!‹ sagt er. So nahm ich den alten Herrn mit und unterhielt mich mit ihm und seinem

Sohn bei einem Glas, und wir schieden als ausgezeichnete Freunde.

Das war Sonnabendabend spät. Als erstes am Montagmorgen ging ich in den Laden des Schnittwarenhändlers, Mr. Trinkle, dem großen Möbelhändler in Cheapside, gegenüber. ›Mr. Phibbs zufällig zugegen?‹ ›Mein Name ist Phibbs.‹ ›Oh! ich glaube, Sie haben dies Paar Handschuhe zum Reinigen geschickt?‹ ›Ja, das hab ich, für den jungen Mr. Trinkle drüben auf der andern Seite. Da steht er im Laden.‹ ›Oh! der da im Laden, ist er das? Der in dem grünen Rock?‹ ›Ganz derselbe.‹ ›Ja, Mr. Phibbs, dies ist 'ne ungemütliche Geschichte; in Wirklichkeit bin ich nämlich Inspektor Wield von der Geheimpolizei und habe diese Handschuhe unter dem Kopfkissen der jungen Person gefunden, die da neulich in Waterloo Road ermordet wurde.‹ ›Gerechter Himmel!‹ sagt er. ›Es ist ein hochachtbarer junger Mann, und wenn sein Vater das zu hören kriegte, den würde das zugrunde richten!‹ ›Es tut mir furchtbar leid‹, sage ich, ›aber ich muß ihn verhaften.‹ ›Gerechter Himmel!‹ sagt Mr. Phibbs abermals; ›kann da nichts bei gemacht werden?‹ ›Nichts‹, sag ich. ›Wollen Sie mir erlauben‹, sagt er, ›daß ich ihn hier herüberrufe, damit sein Vater nichts davon merkt?‹ ›Dagegen habe ich nichts einzuwenden‹, sage ich; ›unglücklicherweise aber darf ich keinerlei Unterhaltung zwischen Ihnen gestatten. Wenn das versucht würde, müßte ich sofort einschreiten. Vielleicht können Sie ihn herüberwinken?‹ Mr. Phibbs ging an die Tür und winkte, und der junge Mensch kam sofort über die Straße; ein aufgeweckter, frischer junger Bursche.

›Guten Morgen, Herr‹, sag ich. ›Guten Morgen, Herr‹, sagt er. ›Würden Sie mir wohl die Frage gestatten‹, sag ich, ›ob Sie mit jemand namens Grimwood bekannt sind?‹ ›Grimwood! Grimwood!‹ sagt er. ›Nein!‹ ›Kennen Sie Waterloo Road?‹ ›Oh, natürlich kenne ich Waterloo Road!‹ ›Haben Sie zufällig davon gehört, daß dort ein junges Frauenzimmer ermordet worden ist?‹ ›Ja, das habe ich in der Zeitung gelesen, und es hat mir sehr leid getan, als ich's las.‹ ›Hier ist ein Paar Handschuhe, die Ihnen gehören, und ich fand sie am Morgen danach unter ihrem Kopfkissen.‹

Er war in einer schrecklichen Verfassung, Herr; einer schrecklichen Verfassung! ›Mr. Wield‹, sagt er, ›bei meinem heiligen Eid, ich bin nie da gewesen. Soviel ich weiß, habe ich sie nie in meinem Leben gesehen!‹ ›Es tut mir sehr leid‹, sage ich. ›Die Wahrheit zu sagen, ich glaube nicht, daß Sie der Mörder sind, aber ich muß Sie in einem Wagen nach Union Hall bringen. Ich glaube indessen, es handelt sich um einen Fall, wo Sie der Untersuchungsrichter, im Augenblick noch, außeramtlich vernehmen wird.‹

Eine außeramtliche Vernehmung fand statt, und da kam es denn heraus, daß dieser junge Mann mit einer Kusine der unglücklichen Elizabeth Grimwood bekannt war und daß er bei einem Besuch bei dieser

Kusine zwei oder drei Tage vorher diese Handschuhe dort auf dem Tisch hatte liegenlassen. Wer anders mußte gleich darauf hereinkommen als Elizabeth Grimwood! ›Wem gehören diese Handschuhe?‹ sagt sie und nimmt sie auf. ›Das sind Mr. Trinkle seine‹, sagt ihre Kusine. ›Oh‹, sagt sie, ›sie sind sehr schmutzig und nutzen ihm doch nichts mehr. Ich werde sie mitnehmen und sie meinem Mädchen zum Ofenputzen geben.‹ Und sie steckt sie in die Tasche. Das Mädchen hatte sie zum Ofenputzen gebraucht und, wie ich nicht bezweifle, sie auf dem Kamin im Schlafzimmer liegenlassen, oder auf der Kommode, oder sonstwo; und ihre Herrin hatte sie, als sie nachsah, ob das Zimmer in Ordnung wäre, da aufgenommen und unter ihr Kissen gesteckt, wo ich sie dann fand.

Das ist die Geschichte, Herr.«

Der Kunstgriff

»Eins der allerschönsten Dinge, die vielleicht je gedreht worden sind‹, sagt Inspektor Wield, mit besonderem Nachdruck auf dem Eigenschaftswort, als solle es mehr auf die Erwartung von Schlauheit oder Gerissenheit vorbereiten als auf etwas stark Fesselndes, »das war ein Kniff Sergeant Witchems. Es war ein entzückender Einfall!

Witchem und ich waren an einem Derbytage da

unten und warteten auf die ›Feinen‹. Wie ich vorher schon erwähnte, sind wir immer am Bahnhof, wenn Rennen sind, oder eine landwirtschaftliche Ausstellung, oder ein Universitätskanzler eingeschworen wird, oder Jenny Lind oder sonst etwas dergleichen, und wenn die Feinen dann mit der Bahn runterkommen, schicken wir sie mit dem nächsten Zuge wieder zurück. Aber an diesem Derbytag, den ich bereits erwähnte, hatten uns ein paar von den Feinen insofern zum besten, als sie sich Wagen und Pferde mieteten, von London über Whitechapel losfuhren und meilenweite Umwege machten, von der entgegengesetzten Richtung nach Epsom hereinkamen und auf dem Rennplatz rechts und links zu arbeiten anfingen, während wir an der Bahn auf sie warteten. Aber das ist noch nicht die Höhe meiner Erzählung.

Während Witchem und ich also am Bahnhof warten, kommt ein gewisser Mr. Tatt; ein Herr, der früher im öffentlichen Dienst gestanden hatte und jetzt die Sache so aus Liebhaberei weiterführte und sehr angesehen war. ›Hallo, Charley Wield‹, sagt er, ›was machen Sie denn hier? Passen auf ein paar Ihrer alten Freunde auf?‹ ›Ja, die alte Geschichte, Mr. Tatt.‹ ›Kommen Sie mit, Sie und Witchem‹, sagt er, ›und trinken Sie auch einen Sherry.‹ ›Wir können uns nicht vom Flecke rühren‹, sag ich, ›bis der nächste Zug da ist; dann mit Vergnügen.‹ Mr. Tatt wartet, der Zug kommt, und dann gehen Witchem und ich mit ihm ins Wirtshaus. Mr. Tatt hatte sich für heute ohne jede Rücksicht auf Kosten aufgetakelt; und vorn im Hemde hatte er eine wundervolle Brillantnadel, hatte ihn drei- oder viertausend Mark gekostet – tatsächlich 'ne sehr hübsche Nadel. Wir trinken also unsern Sherry am Schanktisch und haben so unsere drei oder vier Glas gehabt, als Witchem plötzlich ruft; ›Aufgepaßt, Mr. Wield! Feststehen!‹, und die Feinen sausen in die Bude rein, vier Mann hoch – die auf die Weise heruntergekommen waren, wie ich's Ihnen erzählte –, und im Augenblick ist Mr. Tatts Nadel weg. Witchem schneidet ihnen den Rückweg zur Tür ab, ich hau um mich, so hart ich kann, Mr. Tatt zeigt sich auch nicht abgeneigt, und da liegen wir alle zusammen Hals über Kopf und prügeln uns auf dem Fußboden herum – so 'ne Verwirrung haben Sie in Ihrem Leben wohl noch nicht gesehen! Wir hielten aber unsere Leute fest (Mr. Tatt war ja so gut wie jeder Beamte) und faßten sie alle und brachten sie zum Bahnhof. Der Bahnhof ist voller Leute, die auf dem Rennplatz festgenommen waren; und es war ein feines Stück Arbeit, sie alle unterzubringen. Indessen endlich wurden wir damit fertig und durchsuchten sie; aber es wurde nichts bei ihnen gefunden, und sie wurden eingeschlossen; und wir waren allmählich hübsch heiß dabei geworden, kann ich Ihnen versichern!

Mir war recht dämlich zumute bei dem Gedanken, daß die Nadel dabei verlorengegangen war; und ich sag zu Witchem, als wir sie zurechtgemacht hatten und uns zusammen mit Mr. Tatt etwas abkühlten: ›Bei diesem Zug haben wir jedenfalls nicht viel gefangen, denn es ist nichts bei ihnen gefunden worden, und es kommt schließlich bloß die Braggadocia[1] heraus.‹ ›Wie meinen Sie das, Mr. Wield?‹ sagt Witchem. ›Die Diamantnadel ist hier!‹, und da hatte er sie auf der Handfläche, gesund und wohlbehalten. ›Nanu! bei allem, was wunderlich ist‹, sagen Mr. Tatt und ich, ›wie sind Sie denn zu der gekommen?‹ ›Das will ich Ihnen sagen, wie ich zu der gekommen bin‹, sagt er. ›Ich sah, welcher von ihnen sie stahl; und als wir alle miteinander auf der Erde lagen und uns prügelten, tippte ich ihn so ganz leise auf den Handrücken, wie seine Genossen es machen würden, wie ich wußte; und er gab sie mir.‹ Wunderschön war das, wunderschön!

Aber auch das war noch kaum das Beste an diesem Falle, denn dieser Bursche wurde nachher bei den Vierteljahrssitzungen in Guildford vor dem Friedensrichter vernommen. Sie wissen doch, was die Vierteljahrssitzungen vor dem Friedensrichter bedeuten! Na, wollen Sie mir glauben, während die schwerfälligen Richter da in den Parlamentsakten nachsahen, um zu finden, was sie für ihn tun könnten, ich will verdammt sein, wenn er nicht vor ihren Augen aus der Anklagebank ausbricht! Aus der Anklagebank brach er aus, Herr, unmittelbar vor ihren Augen; schwamm durch einen Fluß und kletterte auf einen Baum, um sich zu trocknen. Auf diesem

1 Drei Monate Gefängnis für bekannte Diebe.

Baume wurde er verhaftet – eine alte Frau hatte ihn hinaufklettern sehen –, und Witchems Kunstgriff trug ihm die Verschickung ein!«

Das Sofa

»Was junge Leute manchmal alles anfangen, um sich zugrunde zu richten und ihren Freunden das Herz zu brechen«, sagte Sergeant Dornton, »das ist ganz überraschend. Ich hatte einen Fall in Saint Blank's Hospital, der hierhergehört. Ein schlimmer Fall, Herr, wirklich, mit schlimmem Ende.

Der Geschäftsführer, der Hausarzt und der Schatzmeister von Saint Blank's Hospital kamen nach Scotland Yard, um anzuzeigen, daß die Studierenden in zahlreichen Fällen bestohlen worden seien. Nichts konnten die Studierenden in den Taschen ihrer Überzieher lassen, während die im Krankenhause hingen, ohne daß es nicht fast mit Sicherheit draus gestohlen worden wäre. Sachen aller erdenklichen Beschreibungen gingen fortwährend verloren; und die Herren fühlten sich natürlich unbehaglich deswegen, waren, und zwar wegen des Rufs ihres Unternehmens, sehr begierig, der Dieb oder die Diebe möchten entdeckt werden. Der Fall wurde mir anvertraut, und ich ging hin.

›Nun, meine Herren‹, sagte ich, nachdem wir alles besprochen hatten, ›soviel ich sehe, gehen die Sachen immer in ein und demselben Zimmer verloren.‹ Ja, sagten sie, das wäre so.

›Dann möchte ich, wenn es Ihnen recht ist‹, sagte ich, ›dies Zimmer wohl mal sehen.‹

Es war ein ganz hübsch großer, leerer Raum unten, mit ein paar Tischen und Bänken drin und einer Reihe von Haken rundum für Hüte und Röcke.

›Dann, meine Herren‹, sagte ich, ›haben Sie jemand in Verdacht?‹

Ja, sagten sie, sie hätten jemand in Verdacht. Es täte ihnen leid, aber sie hätten einen der Pförtner in Verdacht.

›Ich möchte gern‹, sagte ich, ›daß mir dieser Mann gezeigt würde und daß ich ihn kurze Zeit beobachten könnte.‹

Er wurde mir bezeichnet, und ich beobachtete ihn und ging dann wieder ins Krankenhaus und sagte: ›Na, meine Herren, der Pförtner ist es nicht. Er ist zu seinem Pech etwas sehr fürs Trinken, aber was Schlimmeres ist er nicht. Mein Verdacht geht dahin: diese Diebstähle werden von einem der Studierenden begangen; und wenn Sie mir ein Sofa in den Raum stellen wollten, wo die Haken sind – weil ja doch kein Schrank da ist –, dann, denke ich, werde ich imstande sein, den Dieb zu entdecken. Ich hätte das Sofa gern, wenn es Ihnen recht ist, mit Rupfen oder so ähnlichem Stoff überzogen, so daß ich auf dem Bauch drunterliegen kann, ohne gesehen zu werden.‹

Das Sofa wurde besorgt, und am nächsten Tage ging ich um elf Uhr, ehe noch einer der Studierenden da war, mit den Herren hin, um drunterzukriechen. Es stellte sich aber heraus, daß es eins von diesen altmodischen Sofas war mit einem großen Querbalken drunter, der mir sofort das Rückgrat gebrochen hätte, wenn ich überhaupt druntergekommen wäre. Es kostete uns ordentliche Mühe, den noch zu rechter Zeit wegzubrechen; aber ich machte mich gleich dran und sie auch, und wir brachen ihn heraus und schafften Raum für mich. Ich kroch unter das Sofa, legte mich auf den Bauch, holte mein Messer heraus und schnitt mir ein passendes Loch in den Chintz, um durchzugucken. Dann wurde zwischen den Herren und mir abgemacht, daß, wenn alle Studierenden oben in den Sälen wären, einer der Herren dann hereinkommen und einen Überzieher an einen der Haken hängen sollte. Und dieser Überzieher sollte in einer seiner Taschen ein Taschenbuch mit gezeichnetem Gelde haben.

Nachdem ich eine Zeitlang dagelegen hatte, fingen die Studierenden an, einzeln oder zu zweien und dreien in den Raum zu kommen und über alles mögliche zu reden, wobei sie wohl nicht im geringsten daran dachten, es läge jemand unter dem Sofa – und dann nach oben zu gehen. Zuletzt kam einer, der blieb da, bis er ganz allein im Zimmer war. Ein schlanker, gut aussehender junger Mensch von ein- oder zweiundzwanzig, mit hellem Backenbart. Er trat zu einem besonderen

Hutnagel, nahm einen guten Hut herunter, der da hing, paßte ihn auf, hängte seinen eigenen an dessen Stelle und jenen auf einen anderen Haken, fast genau mir gegenüber. Da fühlte ich ganz sicher, dies wäre der Dieb, und er würde bald schon wiederkommen.

Sobald alle oben waren, kam der Herr mit dem Überzieher herein. Ich zeigte ihm, wo er ihn hinhängen sollte, so daß ich ihn gut sehen könnte, und dann ging er weg; und ich lag unter dem Sofa auf dem Bauch, ein paar Stunden lang oder so, und wartete.

Zuletzt kam der junge Mann wieder herunter. Er ging pfeifend durchs Zimmer – blieb stehen und horchte – ging pfeifend wieder weiter – blieb wieder stehen und horchte – und dann ging er die Haken regelrecht durch und durchfühlte die Taschen sämtlicher Überzieher. Als er an *den* Überzieher kam und das Taschenbuch fühlte, war er so gierig und so in Eile, daß er die Schnur abriß beim Aufmachen. Während er sich das Geld in die Tasche steckte, kroch ich unter dem Sofa hervor, und seine Augen trafen meine.

Jetzt ist, wie Sie wohl bemerkt haben, mein Gesicht braun, aber damals war es blaß, weil meine Gesundheit nicht besonders war; und es war so lang wie ein Pferdekopf. Außerdem hatte es mächtig von der Tür her gezogen unter dem Sofa, und ich hatte mir ein Taschentuch um den Kopf gebunden; wie ich also alles in allem aussah, weiß ich nicht. Er wurde blau – buchstäblich blau –, als er mich hervorkriechen sah, und das überraschte mich auch nicht. ›Ich bin Geheimpolizist‹, sagte ich zu ihm, ›und habe hier gelegen, seit Sie heute morgen zuerst hier hereinkamen. Es tut mir Ihretwegen und Ihrer Freunde wegen sehr leid, daß Sie getan haben, was Sie taten; aber der Fall ist komplett. Sie haben das Taschenbuch in der Hand und das Geld bei sich; und ich muß Sie verhaften.‹

Es war unmöglich, irgend etwas zu seiner Verteidigung herauszufinden, und in der Untersuchung gestand er. Wie oder wann er die Möglichkeit dazu bekam, weiß ich nicht, aber während er in Newgate auf seine Verurteilung wartete, vergiftete er sich.«

Wir fragten den Beamten beim Abschluß der vorstehenden Erzählung, ob ihm die Zeit kurz oder lang vorgekommen sei, während er in dieser unbequemen Stellung unter dem Sofa lag.

»Ja, sehen Sie, Herr«, erwiderte er, »wenn er nicht das erstemal hereingekommen wäre und ich nicht ganz sicher gewesen wäre, er wäre der Dieb und würde wiederkommen, dann wäre mir die Zeit wohl lang vorgekommen. Aber wie die Sache nun lag und weil ich meines Mannes ganz sicher war, da erschien mir die Zeit ganz kurz.«

Auf Runde mit Inspektor Field

Wie spät in der Nacht? Auf Saint Giles schlägt es neun. Das Wetter ist häßlich und naß, und die langen Reihen der Straßenlaternen sind verschwommen, als sähen wir sie durch Tränen. Ein feuchter Wind bläst und reißt dem Pastetenmann das Feuer auseinander, wenn er die Tür seines kleinen Ofens öffnet, und führt einen Funkenwirbel mit sich.

Auf Saint Giles schlägt es neun. Wir sind pünktlich. Wo ist Inspektor Field? Der Hilfs-Polizeikommissar ist schon da, in seinen Regenmantel gewickelt, und steht im Schatten von Saint Giles' Turm. Der Sergeant der Geheimpolizei, ermüdet von dem den ganzen Tag lang Französischreden mit den auf der Ausstellung auspakkenden Fremden, ist auch schon da. Wo ist Inspektor Field?

Inspektor Field ist heute nacht der Schutzengel des Britischen Museums. Er läßt sein schlaues Auge jede Ecke von dessen einsamen Gängen durchlaufen, ehe er berichtet: »Alles in Ordnung.« Voller Argwohn gegen die Elgin-Marmorbilder und von keinem der katzengesichtigen ägyptischen Riesen mit den Händen auf den Knien zu betrügen, geht Inspektor Field mit scharfer Witterung, wachsam, seine Lampe, die riesenhafte Schatten auf Wände und Decken wirft, in der Hand, durch die weiten Räume. Sollte eine Mumie in einem

Atom ihres verstaubten Deckels zittern, Inspektor Field würde sagen: ›Komm da heraus, Tom Green! Ich kenne dich!‹ Verkröche sich der kleinste aller städtischen Gauner auf dem Boden einer klassischen Badewanne, Inspektor Field würde ihn mit feinerer Witterung aufspüren als der des Menschenfressers, als Däumling auf seinen Abenteuern zitternd unter dem Kupfergeschirr seiner Küche lag. Aber alles bleibt ruhig, und Inspektor Field geht bedächtig weiter, ohne äußerlich irgend etwas besondere Aufmerksamkeit zu schenken, dem Ichthyosaurus als einem guten alten Bekannten grade zunickend und sich vielleicht darüber wundernd, wie die Geheimpolizisten jener Tage wohl zu Werke gingen.

Wird Inspektor Field wohl noch lange zu tun haben? Eine halbe Stunde kann es wohl noch dauern. Er schickt durch einen Polizisten seine Empfehlungen und schlägt vor, wir wollten uns drüben auf der Saint-Giles-Bezirkswache treffen. Gut. Ebensogut dort vorm Feuer stehen als hier im Schatten von Saint Giles' Kirchturm.

Ist hier heute nacht was los? Nicht viel. Alles sehr ruhig. Ein verlaufener kleiner Junge, sehr klein und still, sitzt am Feuer, und wir vertrauen ihn nun einem Schutzmann an, um ihn nach Hause zu bringen, denn das Kind sagt, wenn man ihm bloß Newgate Street zeigen würde, könnte es zeigen, wo es wohnte; – eine betrunkene Frau tobt in ihrer Zelle, hat sich die Stimme ganz weggeschrien und besitzt kaum noch soviel Kraft, um erklären zu können, selbst unter leidenschaftlicher

Zuhilfenahme von Händen und Füßen, sie sei die Tochter eines britischen Offiziers und würde, mag sie gleich blind und taub werden, einen Brief an die Königin schreiben!, sie wird aber dann mit einem Trunk Wasser beruhigt; – in einer andern Zelle ein ruhiges Frauenzimmer mit einem Kind an der Brust, wegen Bettelei – in wieder einer andern ihr Mann im Arbeitskittel, mit einem Korb Wasserkresse – in einer andern ein Taschendieb – in der nächsten ein zitteriger alter Mann, der sich einen Feiertag gegönnt und bloß einen kleinen Tropfen genommen hat, aber es war zuviel für ihn nach so langen Monaten im Hause – und das ist bis jetzt alles. Da, im selben Augenblick, eine gewisse Aufregung an der Tür der Wache. Mr. Field, meine Herren!

Mr. Field tritt herein, wischt sich die Stirn, denn er ist etwas untersetzt; er kommt von den Erz- und Metallschätzen tief in den Gängen der Erde, und von den Papageiengötzen der Südsee-Inseln, und den Vögeln und Käfern der Tropen, den Kunstschätzen Griechenlands und Roms, und den Bildwerken Ninives, und den Spuren einer früheren Welt, als es diese noch nicht gab. »Ist Rogers fertig?« Rogers ist fertig, gegürtet und im Regenmantel, mit einem Flammenauge vor der Brust wie ein mißgestalteter Zyklop. »Führ uns den Weg, Rogers, zum Rattenschloß!«

Wieviel Leute mag es wohl in London geben, die, wenn wir sie auf Umwegen und mit verbundenen Augen in diese fünfzig Schritt von der Bezirkswache entfernte, innerhalb des Glockenschalles von Saint Giles gelegene Straße führten, in ihr einen gar nicht so fernen Teil der Stadt erkennen würden, in der ihr ganzes Leben dahinfließt? Wie viele würden innerhalb dieses Gemenges widerlicher Gerüche, dieser Schmutzhaufen, dieser verfallenden Häuser, deren ganzer ekelhafter Inhalt, belebt oder unbelebt, schleimig auf die Straße hinausfließt, wie viele würden wohl glauben, sie atmeten *diese* Luft ein? Wieviel Bürokraten mag es geben, die sich die uns nun umgebenden Gesichter ansehen könnten – denn unser Erscheinen hat ein allgemeines Hinstürzen aus allen Himmelsgegenden zu einem gemeinsamen Sammelpunkt veranlaßt –, die niedrigen Stirnen, die blassen Wangen, die rohen Augen, das verfilzte Haar, die verseuchten, ungezieferstarrenden Lumpen, und sagen: »Ich habe dies bedacht. Ich habe es nicht von mir gewiesen, bin nicht drüber hinweggepoltert, habe es weder eisig von mir gewiesen noch zusammengebunden und weggesteckt oder auch nur einfach ›Pah! – pah!‹ gesagt, als es mir gezeigt wurde«?

Übrigens ist es das gar nicht, was Rogers wissen will. Was Rogers wissen möchte, ist, ob die und die da unter euch den Weg freigeben wollen oder nicht; denn tut ihr es nicht sofort, dann sperrt er euch ein. »Was, du bist auch da, Bob Miles? Hast du noch nicht genug? Möchtest du noch mal drei Monate haben? Weg da von dem Herrn! Was hast du hier herumzukriechen?«

»Was tue ich denn, Mr. Rogers?« sagt Bob Miles, in seiner ganzen Schuftigkeit am Ende des von der Laterne ausgehenden Lichtkegels erscheinend.

»Das werde ich dir gleich an den Verstand bringen, wenn du nicht sofort 'nen Haken schlägst. Willst du 'nen Haken schlagen?«

Ein schmeichelndes Raunen erhebt sich aus der Menge. »Schlag doch 'nen Haken, Bob, wenn Mr. Rogers und Mr. Field dir's sagen. Warum schlägst du nicht 'nen Haken, wenn man's dir sagt?«

Die eindringlichste unter den Stimmen fällt Mr. Rogers als ganz vertraut ins Ohr. Plötzlich kehrt er seine Laterne ihrem Inhaber zu.

»Was! Sie sind auch da, Mr. Click? Sie schlagen auch 'nen Haken – vorwärts!«

»Weswegen?« fragt Mr. Click voller Unbehagen.

»Sie schlagen 'nen Haken, wollen Sie?« sagt Mr. Rogers mit ernstem Nachdruck.

Click und Miles schlagen beide ohne jedes weitere Wort 'nen Haken, oder auf gut englisch: sie schleichen sich beiseite.

»Aufschließen, Leute!« sagt Inspektor Field zu den beiden wachhabenden Schutzleuten, die uns gefolgt sind. »Zusammenhalten, meine Herren; hier geht's runter! Kopf!«

Auf Saint Giles schlägt's halb elf. Wir bücken uns und kriechen eine halsbrecherische Treppe in einen dunklen, dumpfen Keller hinunter. Ein Feuer brennt.

Ein langer Holztisch steht da. Bänke. Der Keller ist voller Gesellschaft, meistens sehr junge Männer in verschiedenen Abstufungen von Schmutz und Zerlumptheit. Ein paar essen ihr Abendbrot. Mädchen oder Frauen sind nicht anwesend. Willkommen im Rattenschloß, meine Herren, und in dieser Gesellschaft bekannter Diebe!

»Na, Jungens! Wie geht's, Jungens? Was habt ihr heute getrieben? Hier kommt jemand, der euch mal sehen möchte. Da is noch ein Teller voll Beefsteak, Herr, als Abendbrot für einen feinen jungen Kerl! Und das ist ein Mundwerk für ein Beefsteak, Herr! Wieso, ich würde selbst auch stolz auf so 'nen Mund sein, wenn er mir gehörte! Steh mal auf und zeig ihn, Mensch! Nimm die Mütze ab. Das ist doch ein feiner junger Kerl für 'ne nette kleine Gesellschaft, Herr! Nicht wahr?«

Inspektor Field ist der eifrige Sprecher. Inspektor Field gehört das rastlose Auge, das, während er spricht, jede Ecke des Kellers durchforscht. Inspektor Fields Hand ist die wohlbekannte, die die Hälfte der hier Anwesenden beim Kragen gekriegt hat und ihre Brüder, Schwestern, Väter, Mütter, männliche und weibliche Freunde unerbittlich nach Neusüdwales gesandt hat. Und doch steht Inspektor Field hier in dieser Höhle wie ihr Sultan da. Jeder Dieb hier kriecht vor ihm zusammen wie ein Schuljunge vor seinem Schulmeister. Alle beobachten ihn, alle antworten, sobald sie angeredet werden, alle belachen seine Scherze, alle suchen sich gut mit ihm zu stellen. Die hier im Keller Anwesenden allein – die den Eingang oben in der Straße umgebende Menge gar nicht zu erwähnen, die die Stufen von Augen erglänzen läßt – sind stark genug, uns alle zu ermorden, und täten es auch recht gern; aber es brauchte Inspektor Field nur in den Sinn zu kommen, einen der Diebe hier herauszupicken und mitzunehmen; er brauchte nur den schrecklichen Stab aus der Tasche zu holen und im Geschäftston zu sagen: »Mein Junge, ich suche *dich*!«, und das ganze Rattenschloß würde wie vom Schlag getroffen dastehen und keinen Finger rühren, während er ihm die Handschellen anlegte!

»Wo ist der Earl of Warwick?« »Hier ist er, Mr. Field! Hier ist der Earl of Warwick, Mr. Field!« »Oh, da sind Sie, Mylord. Komm mal vor. So 'ne Brust, Herr, und nicht mal ein reines Hemd! Nicht wahr? Nimm den Hut ab, Mylord. Na, ich würde mich doch schämen an deiner Stelle – und noch dazu als Earl –, mich einem Herrn mit dem Hut auf dem Kopf zu zeigen!« Der Earl of Warwick lacht und nimmt den Hut ab. Die ganze Gesellschaft lacht. Ein Taschendieb lacht mit ganz besonderer Freude. Oh, was ist das für 'n Spaß, wenn Mr. Field herunterkommt – und niemanden sucht!

»So, Sie sind auch hier, der große, grauhaarige, soldatisch aussehende Mann da, der so ernst am Feuer steht?« – »Jawohl, Herr! Guten Abend, Mr. Field!« »Lassen Sie mal sehen. Sie waren früher mal Diener bei einem Adligen?« »Jawohl, Mr. Field.« »Und was fangen Sie jetzt an? Ich hab's vergessen.« »Ja, Mr. Field, ich versuche alles, so gut es geht. Meine Stellung habe ich wegen schwacher Gesundheit aufgeben müssen. Die Familie ist immer noch sehr gut gegen mich. Mr. Wix in Piccadilly ist auch sehr gut gegen mich, wenn es mir schlecht geht. Ebenso Mr. Nix in Oxford Street. Ich bekomme gelegentlich eine Kleinigkeit von ihnen und schlage mich durch, so gut es geht, Mr. Field.« Mr. Fields Auge rollt vor Vergnügen, denn dieser Mensch ist ein bekannter Bettelbriefschreiber. – »Gute Nacht, Jungens!« »Gute Nacht, Mr. Field, und vielen Dank, Herr!«

»Gebt mal die Straße frei, ihr halbes Tausend da! Lassen Sie das, Mrs. Stalker – nichts davon – wir suchen Sie nicht! Rogers mit dem Flammenauge, führ uns zur Unterkunft der Pennbrüder!«

Ein Traumbild kläglicher Gesichter umlauert die Tür. Nun mal zurück, ihr da, alle! Hinter uns pflanzt sich ein Geheimpolizeisergeant, ruhig vor sich hin pfeifend, mit seinem starken rechten Arm vor dem Durchgang auf. »Mrs. Stalker, ich hab hier was bei mir, was hier nicht niedergeschrieben zu werden braucht, wenn Sie sich in Ungelegenheiten bringen wollen, in 'ner halben Minute, wenn ich Ihr Gesicht noch mal sehe!«

Die elf Schläge von Saint Giles summen uns durch die Hand aus der verwitterten Tür eines dunklen Hinterhauses, als wir sie öffnen und von dem herausdringenden Pesthauch zurückgeschlagen werden. »Rogers mit dem Licht nach vorn und laß uns mal sehen!«

Zehn, zwanzig, dreißig – wer könnte sie zählen! Männer, Frauen, Kinder, überwiegend nackend, auf dem Fußboden wie Maden im Käse aufgehäuft! »Ho! In der dunklen Ecke da drüben! Liegt dort jemand?« »Ick, Herr, ein irisches Ick, eine Witwe mit sechs Kindern.« »Und da drüben?« »Ick, Herr, ein irisches Ick, mit meine Frau und acht arme Rangen.« »Und da links?« »Ick, Herr, ein irisches Ick, mit noch zwei irische Jungens, die Freunde von mich sind.« »Und da drüben rechts?« »Ick, Herr, und die Murphys, fünf an der Zahl.« Und was windet sich da zu unsern Füßen? Noch ein irisches Ick, das dringend rasiert werden müßte, das ich aus dem Schlaf gestört habe – und vor dem andern Fuß liegt mir seine Frau – und vor den Schuhen Inspektor Fields liegen ihre drei Ältesten – und ihre drei Jüngsten werden grade zwischen die geöffnete Tür und die Wand eingeklemmt. Und warum liegt niemand auf der kleinen Matte vor dem schwelenden Feuer? Weil O'Donovan mit Frau und Tochter noch nicht vom Streichhölzerverkauf wieder da sind. Oder auf dem bißchen Sackleinen da dicht bei uns in der Ecke? So 'n Pech! Weil die irische Familie da sich heute nacht beim Betteln in den Straßen verspätet hat.

Nun sind sie alle wach, mit Ausnahme der Kinder, und die meisten sitzen aufrecht und starren uns an. Wohin Mr. Rogers sein Flammenauge kehrt, da erhebt sich eine gespenstische Gestalt ohne Leichentuch aus einem Grabe von Lumpen. »Wer ist der Wirt hier?« »Ich, Mr. Field!« sagt ein Bündel Haut und Knochen drüben an der Wand und kratzt sich. »Wollen Sie morgen früh dies Geld ehrlich für Kaffee für alle die hier ausgeben?« »Ja, Herr, das will ich!« »Oh, das tut er, Herr, das tut er ganz richtig! Der ist ehrlich!« schreien die Gespenster. Und sinken mit »Danke schön« und »Gute Nacht« wieder in ihre Gräber.

So machen wir unsere New Oxford Street und andere neue Straßen ab, kümmern uns um nichts, fragen nach nichts, wo sich die Elenden, die wir aufstöbern, zusammenrotten. Bei solchen Auftritten vor unsrer Tür, mit allen Plagen Ägyptens so nahe unsrem eigenen Heim mit Spinnweben zusammengebunden, da erlassen wir voller Furcht unsere Belästigungsgesetze und setzen unsere Gesundheitsämter ein, solche Nichtigkeiten, und meinen, wir hielten uns die Wölfe des Verbrechens und des Schmutzes durch Wahlverbeugungen vor kleinen Kirchenältesten und mittels vornehmer Behandlung des Aktenstaubes vom Leibe!

Die Nachricht von dem Kaffeegeld hat sich ausgebreitet. Der Hof ist voll, und Rogers mit dem Flammenauge wird mit Bitten bestürmt, doch auch andere Unterkunftshäuser zu zeigen. »Meins erst! Meins! Meins!« Rogers, wie ein Soldat, hart, steifnackig, unbeweglich, gibt keine Antwort, sondern führt uns weiter; und alle weichen vor ihm zurück. Inspektor Field geht hinter ihm. Der Geheimpolizeisergeant mit der Schranke seines Armes vor dem schmalen Durchgang wartet voller Überlegung, um den Zug zu beschließen. Ohne jede Anstrengung blickt er hinter sich und versetzt einen gewissen Jemand in außerordentliche Aufregung, indem er ihm da weit hinten ganz ruhig zuruft: »Hat keinen Zweck, Mr. Michael! Versuchen Sie's man gar nicht erst!«

Nach einem auf der Straße abgehaltenen Kriegsrat treten wir in andere Unterkunftshäuser, Wirtshäuser, Löcher und Schlupfwinkel; keine so schmutzig und gedrängt voll, als wenn Iren da sind. In einem werden die Äthiopier jeden Augenblick zurückerwartet – waren, als man zuletzt von ihnen hörte, in Oxford Street –, sollen zu unserem Vergnügen sogleich geholt werden, innerhalb von zehn Minuten. In einem andern erfrischen sich zwei oder drei der ›Professoren‹, die Napoleon Bonaparte und ein paar Makrelen aufs Straßenpflaster zeichnen und dies Kunstwerk dann an Geschäftskundige vermieten, nach ihren Mühen. In einer andern sind die wohlerworbenen Einkünfte aus diesem ertragreichen Krebsschaden seit hundert Jahren im Besitz ein und derselben Familie, und der Herr Wirt fährt behaglich vom Lande zu seinem gemütlichen kleinen Schmortopf in die Stadt. Überall wird Inspektor Field mit Wärme empfangen. Falschmünzer und Falschgeldhändler lassen vor ihm den Kopf hängen; Taschendiebe erweisen ihm ihre Ehrfurcht; das sanftere Geschlecht (hier nicht sehr sanft) lächelt ihn an. Halbbetrunkene Hexen halten mitten in ihrem Bierkrug inne oder ihrem halben Liter Gin, um Mr. Field zuzutrinken, und bitten ihn eindringlichst um die Ehre, den Trank bis zur Neige zu kosten. Eine Schöne in schäbigem Schwarz hegt eine derartige Bewunderung für ihn, daß sie eine ganze Straße lang hinter ihm herläuft, um ihm die Hand zu schütteln; dann fällt sie in einen Kehrichthaufen am Wege und verleiht ihren Aufmerksamkeiten noch Nachdruck, als ihre Gestalt längst aufgehört hat, in ihm erkennbar zu sein. Vor der Macht des Gesetzes, der Macht überlegenen Geistes – denn gewöhnliche Diebe sind bloße Narren neben diesen Leuten – und der Macht vollkommener Beherrschung ihrer Eigentümlichkeiten ist die Besatzung des Rattenschlosses und der umliegenden Festungen tatsächlich nur eine Bande von Drückebergern, wenn Inspektor Field kommt, um sie zu besichtigen.

Die Glocke von Saint Giles zeigt an, daß es in einer halben Stunde Mitternacht ist, und Inspektor Field meint, wir müßten nun schleunigst nach der Alten Münze in der Borough. Der Droschkenkutscher sieht niedergeschlagen aus und hat ein ernstes Gefühl seiner Verantwortlichkeit. »So, wieviel macht es, mein Junge?« »Oh, das wissen Sie doch, Herr Inspektor, weshalb fragen Sie mich erst?«

»Sagen Sie, Parker«, – gegürtet und im Regenrock, in der finsteren Borough verabredungsgemäß auf uns wartend, an Stelle des treuen Rogers, den wir tief in Saint Giles verließen – »sind Sie fertig?« »Fertig, Inspektor Field, und bei einer Bewegung meiner Hand können Sie mein Flammenauge sehen.«

»Diese enge Straße, Herr, ist der Hauptteil der Alten Münze, voll von Unterkunftshäusern niedrigsten Grades, wie Sie an diesen durchscheinenden Kanevaslampen und Vorhängen sehen können, dem Zeichen, daß es hier Betten für Reisende gibt!« »Aber sie hat sich sehr verändert, Freund Field, seit ich sie zuerst kennenlernte; sie ist unendlich viel ruhiger und zahmer als damals, vor sieben Jahren, als ich zuletzt hier war!« »O ja! Inspektor Haynes hat diesen Bezirk jetzt, ein Mann ersten Ranges, und spielt ihnen übel mit.«

»Na, Jungens! Wie geht's euch heut abend, Jungens? Spielt ein bißchen Karten, ja? Wer gewinnt denn?« »Wieso, Mr. Field, ich«, – der brummige Herr hier mit den nassen, flach anliegenden Seitenlocken, der sich sein trübes Auge so mit dem Ende seines Halstuchs reibt, das aussieht wie eine schmierige Aalhaut – »ich bin grade am Verlieren; aber ich glaube, ich muß wohl die Pfeife aus dem Munde nehmen und ergeben gegen Sie sein – Ihnen geht's hoffentlich gut, Mr. Field?« »Ja, danke, mein Junge! Helfer, wen haben Sie denn oben, zeigen Sie doch, bitte, mal die Kammern!«
Warum ›Helfer‹, kann Inspektor Field nicht sagen. Er weiß nur, daß der Mann, der auf die Betten und die Gäste aufzupassen hat, immer so genannt wird. Vor-

sicht, o Helfer, mit deiner flackernden Kerze in der Schuhwichsflasche, denn der Hinterhof hier ist schmierig, und die hölzerne Treppe außen am Hause kracht und weist Löcher auf!

Abermals befinden sich in diesen unerträglichen Kammern – Höhlungen wie Rattenlöcher oder Ungeziefernester, aber voller an unerträglichen Gerüchen – Haufen von Schläfern, jeder auf seinem Feldbett unter Lumpen zusammengekauert. »Hallo, da! Komm! Laß dich mal ansehen! Zeig mal dein Gesicht!« Parker geht als Lotse von Bett zu Bett und kehrt uns ihre schlafenden Gesichter zu, wie ein Viehhändler mit seinen Schafen. Ein paar wachen mit Verwünschungen und Drohungen auf. – Was! wer sprach da? Oh, wenn es das verdammte Flammenauge ist, das mich ansieht, wo ich auch hingehe, dann bin ich hilflos. Hier! Ich setze mich aufrecht, um mich ansehen zu lassen. Suchen Sie mich? Nein, dich nicht, leg dich nur wieder hin! und ich lege mich wieder hin, mit schmerzlichem Gebrumm.

Wo die wandernde Lichtstraße einen Augenblick haltmacht, erscheint ein Schläfer an ihrem Endpunkt, läßt sich durchforschen und verschwindet wieder in der Dunkelheit.

»Seltsam muß man hier träumen, Helfer.« »Sie schlafen ziemlich fest«, sagt der Helfer und nimmt seine Kerze aus der Flasche, um sie mit den Fingern zu putzen, und wirft den Unschlitt in die Flasche, die er mit seiner Kerze wieder verschließt; »das ist alles, was ich weiß.» Was bedeutet die Aufschrift auf all den mißfarbigen Bettüchern? Eine Vorsichtsmaßnahme gegen das Abhandenkommen des Leinens. Der Helfer schlägt die Decke eines nicht besetzten Bettes zurück und enthüllt sie: ›Haltet den Dieb!‹

Nachts hier zu liegen, eingehüllt in alle Wundergeschichten meines schleichenden Lebenswandels; den Schrei, der mich im Wachen verfolgt, im Schlaf an die Brust zu drücken; ihn mich anstarren und anschreien zu lassen, sobald ich wieder zu Bewußtsein komme; ihn als ersten Fuß aus dem Bett am Neujahrstag zu haben, zu meinem Valentinsgruß, meinem Geburtstagsglückwunsch, als meinen Weihnachtsgruß, mein Lebewohl an das alte Jahr: Haltet den Dieb!

Und zu wissen, daß ich unbedingt gehalten werde, komme, was mag. Zu wissen, daß ich weder der Tatkraft oder Geistesschärfe des einzelnen noch dieser ganzen, wohleingerichteten und stetig arbeitenden Gliederung gewachsen bin! Komm mal hier über die Straße und prüfe nach Durchschreiten des kleinen Ladens und Hofes diese gewundenen Gänge mit ihren Türen, angelegt als Fluchtmittel, für Zug und Gegenzug, wie die Klappen in den Kästen der Zauberkünstler. Aber was nützen sie? Wer erhält auf seinen Wink Zutritt und zeigt uns ihre geheime Arbeitsweise? Inspektor Field.

»Vergessen Sie nicht das alte Pachthaus, Parker!« Parker ist nicht der Mann, der etwas vergißt. Wir sind jetzt auf dem Wege dahin. Es ist das alte Gutshaus dieses Bezirks und stand einstmals auf dem Lande. Dann gab es damals am Ende auch noch etwas, was nicht diese biestige Straße war, in die man aus den verfallenen niedrigen Vorderseiten der vornüberhängenden Holzhäuser hinabsieht, unter denen wir hergehen – jetzt geschlossen und mit Anzeigen, das Schrifttum und den Werdegang der Münze betreffend, überkleistert, und weiter verfallend. Dieser lange, gepflasterte Hof war einstmals eine Weide oder ein Garten, oder ein Hof vor dem Gutshause. Vielleicht stand ein Taubenschlag in der Mitte, und Hühner pickten da herum – unter glänzenden Ulmen damals, wo mißfarbige Schornsteine und Giebel jetzt stehen – damals voll von lärmenden Krähen, die jetzt einer ganz andern Gattung von Krähen Platz gemacht haben. Höchstwahrscheinlich ist das so, denkt Inspektor Field, während wir uns der gemeinsamen Küche zuwenden, die im Hofe steht und viele Schritte vom Hause.

»Na, ihr Jungens und Mädchen, wie geht's euch allen? Wo ist Blackey, der die letzten fünfundzwanzig Jahre an der London Bridge stand mit seiner bemalten Haut, um Krankheit vorzutäuschen?« »Hier ist er, Mr. Field!« »Wie geht's, Blackey?« »Fein, Herr!« »Fiedelst du heut abend nicht, Blackey?« »Heut abend nich, Herr!« Ein gerissener, lächelnder Bengel, der Witzbold der Küche, mischt sich ein: »Heut abend is er nich musikalisch, Herr. Ick hab ihm 'ne Moralpauke jehalten, Herr; ick hab ihm Vorhaltungen über sein Ende jemacht, sehen Sie. 'ne janze Menge von denen da sind meine Zöglinge, Herr. Dieser junge Mann da« (der seinem Nebenmann grade das Haar glattstreicht und ein Sonntagsblatt liest) »ist einer von meinen Zöglingen. Ick bringe ihn Lesen bei. Is ein vielversprechender Schlingel. Er is 'n Schmied, is er, und erntet sein Brot im Schweiße seines Anjesichts, Herr. Ick selber ooch, Herr. Dies junge Frauenzimmer is meine Schwester, Mr. Field. Sie kommt auch recht nett weiter. Sie machen mir 'ne Menge zu tun, Herr, aber ick bin auch reich belohnt, Herr, wenn ick sehe, wie jut es ihnen allen jeht und wie achtbar sie emporkommen. Das is 'n jroßer Trost, Herr, nich wahr?« – Mitten in der Küche (die ganze Küche ist außer sich vor Entzücken über diesen Stegreifulk) sitzt ein junges, bescheidenes, sanft aussehendes Geschöpf mit einem wunderschönen Kind auf dem Schoß. Anscheinend gehört sie zu der übrigen Gesellschaft – und sieht ihr doch so gar nicht ähnlich. Sie hat so ein feines, hübsches, ruhiges Gesicht und eine so angenehme Stimme und ist so stolz, wenn sie hört, daß man ihr Kind bewundert, meint, man sollte kaum glauben, daß es erst neun Monate alt ist. Sollte mich doch wundern, ob sie wohl ebensoschlecht ist wie die übrigen? Die Erfahrung des Inspektors zeugt nicht von gegenteiligem Glauben, sondern hat sofort die Antwort bereit: »Keinen Heller besser!«

Während wir uns nähern, ertönt in dem Gutshause ein Klavier. Es hält inne. Die Wirtin erscheint. Hat nichts dagegen, Mr. Field, daß Herren mitgebracht werden, möchte aber doch, daß es etwas früher geschähe, weil die Gäste sich über Störung beschweren. Inspektor Field ist höflich und besänftigend – kennt seine Frauen und ihr Geschlecht. Der Helfer (ein Mädchen in diesem Falle) führt uns eine schwere, breite alte Treppe hinauf, sehr sauber gehalten, zu sauberen Kammern, in denen viele Schläfer liegen und wo gemalte Wandbespannungen aus alter Zeit seltsam auf die Feldbetten herniederschauen. Der Anblick weißen Kalks und der Geruch von Seife – zwei Dinge, von denen wir uns allmählich seit unserer Kinderzeit geschieden vorkommen – machen das alte Gutshaus zu einem Wunderwesen und verbinden sich mit dem so gar nicht am Platze scheinenden Bilde der hübschen Mutter mit ihrem Kinde noch lange, nachdem wir es verlassen haben, – lange nachdem wir, nebenbei gesagt, auch den benachbarten Winkel mit seinem gewissen ländlichen Beigeschmack verlassen haben, wo einst unter einem niedrigen hölzernen Säulengange, der noch wie damals dasteht, der große Jack Sheppard voller Herablassung es sich wohl sein ließ und wo nun zwei alte Brüder, Junggesellen mit breitrandigen Hüten (von denen in der Münze das Gerücht geht, sie hätten vor langer Zeit ein Abkommen geschlossen, falls einer von ihnen heirate, sollte er damit seines Anteils an dem gemeinsamen Besitz verlustig gehen), immer noch eine einsame Kneipe offenhalten und die Abende mit ihren

Pfeifen im Ausschank sitzen, unter den alten Flaschen und Gläsern, wie unsere Augen sie jetzt wahrnehmen.

Wie spät in der Nacht? Saint George von Southwark gibt die Antwort mit zwölf Glockenschlägen. Parker, gute Nacht, denn hier wartet Williams bereits drüben im Bezirk von Ratcliffe Highway, um uns die Häuser zu zeigen, wo die Seeleute tanzen.

Ich möchte wohl wissen, wo Inspektor Field geboren wurde. In vollstem Vertrauen hätte ich geantwortet: in Ratcliffe Highway, schiene er nicht überall, wohin wir sonst noch kommen, ebensogut zu Hause. Er zerquält sich nicht nachts den Kopf wegen des Flusses wie ich. Er macht sich nichts draus, wie der dort zu unserer Rechten schwarz und schweigend hinkriecht, wie er durch Schleusen rauscht, um Pfähle und Pfosten und Eisenringe plätschert, seltsame Dinge in seinem Schlamm bergend, mit Selbstmördern und durch Unfall Ertrunkenen rascher, als es sich für ein mitternächtliches Begräbnis schickt, von dannen eilt und zwischen seinem Ursprung und seinem Grabe so verschiedenartige Erfahrungen sammelt. Für Mr. Field besitzt er kein Geheimnis. Ist denn die Themsepolizei nicht da?

Also nun führt Williams den Weg. Wir kommen etwas spät, denn ein paar Häuser machen schon zu. Macht nichts. Man zeigt uns noch so vieles. Sämtliche Wirte kennen Inspektor Field. Alle gestatten ihm freiwillig und gutgelaunt Zutritt, wohin er auch zu gehen wünscht. So gänzlich stehen alle diese Häuser ihm und unserem Ortsführer offen, daß, zugegeben, daß Seeleute sich auf ihre eigene Art und Weise vergnügen müssen – wie sie es meiner Meinung nach sollten und worauf sie ein Anrecht haben –, ich mir kaum denken könnte, wie derartige Plätze besser geregelt sein könnten. Nicht daß ich die Gesellschaft grade ausgesucht nennen möchte oder das Tanzen sehr anmutig – selbst nicht so anmutig wie den Tanz der deutschen Zuckerbäcker, zu deren Besuch wir bei den Minories haltmachten –, aber in jedem Hause wird wachsam auf Ordnung gehalten, und auf rasche Entfernung, wo es not tut. Selbst inmitten aller Trunkenheit, sowohl der schläfrigen als der lebhaften Sorte, herrscht hier strenge Überwachung durch den Wirt, und die Taschen sind hier in größerer Sicherheit als draußen. Diese Häuser zeigen auf ganz eigenartige Weise, wieviel Abenteuerliches und Malerisches im Seemann liegt, das Anspruch auf besondere Erwähnung hat. Sämtliche Lieder (unter einem Schloßensturm von kleinen Münzen gesungen, die ohne die leiseste Rücksicht auf Takt oder Melodie dem Sänger zugeschleudert werden – meistens aus großen Rollen von Kupferstücken, die sie zu dem Zwecke bei sich tragen – und denen er gelegentlich wie ihm am Kopf vorbeifliegenden Kugeln ausweicht) sind gefühlvolle Bilder aus dem Seeleben. Alle Räume sind mit Schiffahrtsgegenständen ausgeschmückt. Wracks, Gefechte, brennende Schiffe, Schiffe, die an eisenumklammerter Küste an einem Leuchtturm vorbeisegeln, in die Luft fliegende Schiffe, untergehende Schiffe, auflaufende Schiffe, Männer, in einer schweren Böe auf der Großrah liegend, Seeleute und Schiffe in jeder erdenklichen Gefahr: das sind die Motive der zahlreichen Bilder aus dem Reiche der Wirklichkeit. Was das Reich der Dichtung anlangt, so kann nichts vor sich gehen ohne einen saitenschlagenden Jungen auf einem schuppigen Delphin.

Wie spät in der Nacht? Nach ein Uhr. Black und Green warten in Whitechapel, um uns die Geheimnisse von Wentworth Street zu enthüllen. Willams, der beste aller Freunde, muß scheiden: Lebewohl!

Stehen Black und Green etwa nicht an der verabredeten Stelle bereit? O doch! Sie gleiten aus dem Schatten hervor, als wir stillestehen. Black, der Unerschütterliche, öffnet einen Kutschenschlag; Green, der Unerschütterliche, merkt sich den Kutscher. Dann öffnen Black und Green beide ihr Flammenauge und führen uns auf dem nun eingeschlagenen Wege.

Das Wirtshaus, das wir suchen, verbirgt sich in einem Gewirr von Straßen und Höfen. Es ist fest verschlossen. Wir klopfen an die Tür und bleiben stumm an die Hauswand gedrückt stehen und halten Ausschau nach einem Licht droben an einem oder dem andern der schmierigen alten Fensterläden in seiner häßlichen Vorderseite, als noch ein Schutzmann zu uns stößt – weil er meint, wir möchten die ›Zunft‹ sehen. Inzwischen ist der Geheimpolizeisergeant über ein Gitter geklettert, hat eine Tür geöffnet, ist in einen Erdgeschoßeingang geschlüpft, hat ein paar weitere kleine Hindernisse überwunden und an ein Fenster geklopft. Jetzt kommt er wieder. Der Wirt wird sofort einen Helfer schicken.

Wir hören den Helfer aus dem Bette poltern. Der Helfer steckt eine Kerze an, zieht einen oder zwei Bolzen zurück und erscheint an der Tür. Den Helfer stellt ein durchaus nicht sauberes zitterndes Hemd mit einer Hose dran dar, ein gähnendes Antlitz, ein äußerlich wie innerlich recht zerzauster Kopf. Wir suchen jemand. »Sie können ja das Licht mitnehmen und sie alle holen, wenn Sie Lust haben«, meint der Helfer, gibt es mir und setzt sich auf eine Bank in der Küche, schläfrig mit den zehn Fingern sich das Haar durchwühlend.

Hallo hier! Nanu! Zeig dich mal! Das genügt. Du bist's nicht. Laß dich weiter nicht stören! So weiter, durch ein Irrsal luftloser Räume, in denen jeder Mann antwortet wie ein wildes Tier dem Wärter, der es gezähmt hat, wenn er seinen Käfig betritt. »Was denn, haben Sie ihn nicht gefunden?« sagt der Helfer, als wir wieder herunterkommen. Eine Frau, die geheimnisvoll die ganze Nacht hier im Dunklen bei der schwelenden Asche des Küchenfeuers sitzt, meint, hier wären bloß Landstreicher und Bettler, die Gauner lägen drüben auf der andern Seite. Ein Mann, der geheimnisvoll die ganze Nacht im Dunklen in der Küche herumläuft, heißt sie das Maul halten. Wir treten hinaus. Der Helfer verriegelt die Tür und geht wieder zu Bett. »Black und Green, ihr kennt doch Bark, den Unterkunftsbesitzer und Hehler?« »O ja, Inspektor Field!« »Also dann zunächst zu Bark.«

Bark schläft drinnen dicht an seiner Eingangstür in einer hölzernen Hütte. Während wir uns auf den Stufen mit Barks Helfer unterhalten, brummt Bark in seinem Bett. Wir treten ein. Bark fliegt aus seinem Bett. Bark ist ein rotköpfiger, zorniger Schurke, mit vollblütigem Halse, der aussieht, als wäre er ausdrücklich fürs Hängen erschaffen, wie er ihn so in bleichem Trotz über die Halbtür seiner Hütte vorschiebt. Barks Unterhaltungsmittel sind furchtbar, alles ist bei ihm ›soundso‹.

»Ich will«, sagt Bark, »keine soundso Polizisten und soundso Fremde auf meinem soundso Grundstück! Ich will's nicht, bei Eigenschafts- und Hauptwort! Gib mir meine Hosen, und ich schicke die ganze soundso Polizei zu Eigenschafts- und Hauptwort! Gib mir«, sagt Bark, »meine soundso Hosen! Mein soundso Messer werde ich ihnen allen in die Kaldaunen jagen. Ihre soundso Schädel werde ich ihnen einschlagen! Ihre soundso Hauptwörter werde ich ihnen aufschlitzen! Gib mir meine soundso Hosen!« sagt Bark, »und ich werde ihnen die Kaldaunen vermasseln!«

Na, Bark, was soll das nun? Hier sind Black und Green, der Geheimpolizeisergeant und Inspektor Field.

Du weißt doch, hineinkommen tun wir doch. – Nein, das werdet ihr nicht! sagt Bark. »Gebt mir mal irgendwer meine soundso Hosen!« Barks Hosen sind anscheinend schwer zu finden. Er schreit nach ihnen wie Herkules am Ende nach seiner Keule. »Gebt mir meine soundso Hosen, und ich werde ihnen allen die Kaldaunen vermasseln!«

Inspektor Field ist der Ansicht, daß es ganz einerlei ist, ob Bark den Besuch gern hat oder nicht. Er, Inspektor Field, ist Inspektor der Geheimpolizei, der Geheimpolizeisergeant tatsächlich Geheimpolizeisergeant, Black und Green Schutzleute in Uniform. Sei kein Narr, Bark, oder du weißt doch, es wird nur um so schlimmer für dich. – Ist mir schnuppe, sagt Bark. Gebt mir meine soundso Hosen!

Um zwei Uhr morgens klettern wir in Barks niedrige Küche hinab und lassen Bark mit Schaum vor dem Munde oben zurück, mit Black und Green, den Unerschütterlichen, als Bewachung neben ihm. Barks Küche steckt gerammelt voller Diebe, die sich hier bei Lampenlicht unterhalten. Dies ist bei weitem die gefährlichste Versammlung, die wir bis jetzt gesehen haben. Durch Barks Gerase oben gereizt, sind ihre Blicke mürrisch, aber kein Mensch spricht. Wir gehen wieder hinauf. Bark hat seine Hosen an und stemmt sich wie wahnsinnig gegen eine Tür, die die Treppe nach oben abschließt. Auch in anderer Hinsicht bemerken wir an Bark einen Zug von Wildheit. An Stelle von

›Haltet den Dieb!‹ druckt er auf sein Leinen: ›Gestohlen bei Bark!‹

»Jetzt, Bark, gehen wir nach oben weiter.« – »Nein, das tut ihr nicht!« »Sie verweigern also der Polizei den Zutritt, Bark?« »Ja, das tue ich! Ich verweigere ihn der ganzen soundso Polizei und sämtlichen soundso Hauptwörtern. Wären die soundso Lümmel in der Küche bloß Männer, dann kämen sie jetzt herauf und erledigten euch! Mach die Tür da zu!« sagt Bark, und plötzlich sind wir auf dem Gange eingeschlossen. »Dann kämen sie herauf und erledigten euch!« schreit Bark und wartet. Kein Laut in der Küche. – »Dann kämen sie herauf und erledigten euch!« schreit Bark abermals und wartet. Kein Laut in der Küche. Wir sind, ein halbes Dutzend an der Zahl, in Barks Haus in den tiefsten Schlupfwinkeln des schlimmsten London eingeschlossen, mitten in der Nacht – das Haus steckt gerammelt voll bekannter Räuber und Halunken – kein Mensch rührt sich. Nein, Bark. Sie kennen das Gewicht des Gesetzes, und sie kennen Inspektor Field und Genossen zu gut.

Wir verlassen den Schreihals Bark, um nach Belieben wieder aus seiner Wut und seinen Hosen herauszugeraten und um, darf ich wohl sagen, sehr bald auf recht unbehagliche Weise an diesen kleinen Streifzug erinnert zu werden. Black und Green haben hier gewöhnlich Dienst und sehen ernst aus.

Was White anbetrifft, der auf Holborn Hill auf uns

wartet, um uns die aus Rotten Gray's Inn Lane herausgefressenen Höfe zu zeigen, wo weitere Unterkunftshäuser sich befinden und wo (in einer Sackgasse) die Diebsküche und -schule liegt, in der Kinder in der Kunst unterrichtet werden, so ist die Nacht so weit vorgeschritten, da es nun

›fast dem Morgen gleich ist, eins wie's andere‹,

daß alles still ist und kein Licht mehr durch die Ritzen der Läden scheint. Wie der Tod, der unwahrnehmbare, eines Tages hier erscheinen wird, so kommt nun der Schlaf. Die Bösen lassen zuweilen auch ab von ihren Bemühungen, selbst in diesem Leben.

Inhalt

Der Bettelbriefschreiber 9
Die Geheimpolizei 24
Drei Geheimpolizisten-Geschichten 60
Die Handschuhe 60
Der Kunstgriff 67
Das Sofa 71
Auf Runde mit Inspektor Field 76

Zu dieser Ausgabe

insel taschenbuch 821
Erste Auflage 1986
Charles Dickens, Detektivgeschichten
Der vorliegende Text folgt der Ausgabe:
Charles Dickens, Detektivgeschichten
Übertragung: Franz Franzius. Insel-Verlag,
Leipzig 1923
Umschlagabbildung: Garotters lying in wait in a
London square, aus: »Illustrated Times«, 1863

Romane, Erzählungen, Prosa

Hans Christian Andersen. Glückspeter
Mit Scherenschnitten von Alfred Thon. it 643

Bettina von Arnim. Bettina von Arnims Armenbuch
Herausgegeben von Werner Vordtriede. it 541
– Dies Buch gehört dem König
Herausgegeben von Ilse Staff. it 666
– Die Günderode
Mit einem Essay von Christa Wolf. it 702

Apuleius. Der goldene Esel
Mit Illustrationen von Max Klinger zu »Amor und Psyche«. Aus dem Lateinischen von August Rode. Mit einem Nachwort von Wilhelm Haupt. it 146

Jane Austen. Emma
Aus dem Englischen von Charlotte Gräfin von Klinckowstroem. it 511

Honoré de Balzac. Die Frau von dreißig Jahren
Deutsch von W. Blochwitz. it 460
– Das Mädchen mit den Goldaugen
Aus dem Französischen von Ernst Hardt. Vorwort Hugo von Hofmannsthal. Illustrationen Marcus Behmer. it 60

Joseph Bédier. Tristan und Isolde
Roman. Deutsch von Rudolf G. Binding. Mit Holzschnitten von 1484. it 387

Harriet Beecher-Stowe. Onkel Toms Hütte
In der Bearbeitung einer alten Übersetzung herausgegeben und mit einem Nachwort versehen von Wieland Herzfelde. Mit 27 Holzschnitten von George Cruikshank aus der englischen Ausgabe von 1852. it 272

Ambrose Bierce. Aus dem Wörterbuch des Teufels
Auswahl, Übersetzung und Nachwort von Dieter E. Zimmer. it 440
– Mein Lieblingsmord
Erzählungen. Aus dem Amerikanischen von G. Günther. it 39

Die Blümlein des heiligen Franziskus von Assisi
Aus dem Italienischen nach der Ausgabe der Tipografia Metastasio, Assisi 1901, von Rudolf G. Binding. Mit Initialen von Carl Weidemeyer. it 48

Romane, Erzählungen, Prosa

Blumenschatten hinter dem Vorhang. Von Ting Yao Kang. Aus dem Chinesischen übertragen und mit einem Nachwort versehen von Franz Kuhn. Mit 18 Holzschnitten. it 744

Giovanni di Boccaccio. Das Dekameron
Hundert Novellen. Ungekürzte Ausgabe. Aus dem Italienischen von Albert Wesselski und mit einer Einleitung versehen von André Jolles. Mit venezianischen Holzschnitten. Zwei Bände. it 7/8

Hermann Bote. Ein kurzweiliges Buch von Till Eulenspiegel aus dem Lande Braunschweig. Wie er sein Leben vollbracht hat. Sechsundneunzig seiner Geschichten.
Herausgegeben, in die Sprache unserer Zeit übertragen und mit Anmerkungen versehen von Siegfried H. Sichtermann. Mit zeitgenössischen Illustrationen. it 336

Clemens Brentano. Gedichte, Erzählungen, Briefe
Herausgegeben von Hans Magnus Enzensberger. it 557

Emily Brontë. Die Sturmhöhe
Aus dem Englischen von Grete Rambach. it 141

Giordano Bruno. Das Aschermittwochsmahl
Übersetzt von Ferdinand Fellmann. Mit einer Einleitung von Hans Blumenberg. it 548

Gottfried August Bürger. Wunderbare Reisen zu Wasser und zu Lande. Feldzüge und lustige Abenteuer des Freiherrn von Münchhausen
Mit Holzschnitten von Gustave Doré. it 207

Hans Carossa. Eine Kindheit. it 295
– Verwandlungen einer Jugend. it 296

Lewis Carroll. Geschichten mit Knoten
Herausgegeben und übersetzt von W. E. Richartz. Mit Illustrationen von Arthur B. Frost. it 302
– Alice im Wunderland
Mit 42 Illustrationen von John Tenniel. Übersetzt und mit einem Nachwort versehen von Christian Enzensberger. it 42
– Alice hinter den Spiegeln
Mit Illustrationen von John Tenniel. Übersetzt von Christian Enzensberger. it 97

Romane, Erzählungen, Prosa

Lewis Carroll. Briefe an kleine Mädchen
Aus dem Englischen übersetzt und herausgegeben von Klaus Reichert. Mit Fotografien des Autors. it 172

Miguel de Cervantes Saavedra. Der scharfsinnige Ritter Don Quixote von der Mancha
Mit einem Essay von Iwan Turgenjew und einem Nachwort von André Jolles. Mit Illustrationen von Gustave Doré. 3 Bände. it 109

Adelbert von Chamisso. Peter Schlemihls wundersame Geschichte
Nachwort von Thomas Mann. Illustriert von Emil Preetorius. it 27

Matthias Claudius. Der Wandsbecker Bote
Mit einem Vorwort von Peter Suhrkamp und einem Nachwort von Hermann Hesse. it 130

James Fenimore Cooper. Die Lederstrumpferzählungen
In der Bearbeitung der Übersetzung von E. Kolb durch Rudolf Drescher. Mit Illustrationen von O. C. Darley. Vollständige Ausgabe. 5 Bände in Kassette.
Der Wildtöter · Der letzte Mohikaner · Der Pfadfinder · Die Ansiedler · Die Prärie. – it 760

Alphonse Daudet. Montagsgeschichten
Aus dem Französischen von Eva Meyer. it 649
– Briefe aus meiner Mühle
Aus dem Französischen von Alice Seiffert. Mit Illustrationen. it 446
– Tartarin von Tarascon. Die wunderbaren Abenteuer des Tartarin von Tarascon. Mit Zeichnungen von Emil Preetorius. it 84

Daniel Defoe. Moll Flanders. Herausgegeben und mit einem Essay versehen von Norbert Kohl. it 707
– Robinson Crusoe. Mit Illustrationen von Ludwig Richter. it 41

Deutsche Künstlernovellen des 19. Jahrhunderts
Herausgegeben von Jochen Schmidt. it 656

Charles Dickens. David Copperfield. Mit Illustrationen von Phiz. it 468
– Große Erwartungen. Aus dem Englischen von Margit Meyer. Mit Illustrationen von F. W. Pailthorpe. it 667
– Der Raritätenladen. Aus dem Englischen von Leo Feld. Mit Illustrationen von Cruikshank u. a. it 716

Romane, Erzählungen, Prosa

Charles Dickens. Oliver Twist
Aus dem Englischen von Reinhard Kilbel. Mit einem Nachwort von Rudolf Marx und 24 Illustrationen von George Cruikshank. Vollständige Ausgabe. it 242
– Weihnachtserzählungen
Mit Illustrationen von Cruikshank u. a. it 358

Denis Diderot. Die Nonne
Mit einem Nachwort von Robert Mauzi. Der Text dieser Ausgabe beruht auf der ersten deutschen Übersetzung von 1797. it 31
– Erzählungen und Gespräche
Aus dem Französischen von Katharina Scheinfuß. it 554

Die drei Reiche. Roman. Aus dem Chinesischen von Franz Kuhn. Mit 24 Holzschnitten. it 585

Fjodor M. Dostojewski. Der Idiot. Aus dem Russischen von Hermann Röhl. Mit einem Nachwort von Hermann Hesse. it 740
– Schuld und Sühne. Roman in sechs Teilen. Aus dem Russischen von Hermann Röhl. Illustrationen von Theodor Eberle. it 673
– Der Spieler. Aus den Erinnerungen eines jungen Mannes. Aus dem Russischen von Hermann Röhl. it 515

Annette von Droste-Hülshoff. Bei uns zulande auf dem Lande. Prosaskizzen. Herausgegeben von Otto A. Böhmer. it 697
– Die Judenbuche. Ein Sittengemälde aus dem gebirgichten Westfalen. Mit Illustrationen von Max Unold. it 399

Alexandre Dumas. Der Graf von Monte Christo. Bearbeitung einer alten Übersetzung von Meinhard Hasenbein. Mit Illustrationen von Pavel Brom und Dagmar Bromova. Zwei Bände. it 266
– Die Kameliendame. Aus dem Französischen von Walter Hoyer. Mit Illustrationen von Paul Garvani. it 546

Joseph Freiherr von Eichendorff. Aus dem Leben eines Taugenichts
Mit Illustrationen von Adolf Schrödter und einem Nachwort von Ansgar Hillach. it 202
– Novellen und Gedichte. Herausgegeben von Hermann Hesse. it 360

Romane, Erzählungen, Prosa

Eisherz und Edeljaspis
Aus dem Chinesischen von Franz Kuhn. Mit Holzschnitten einer alten chinesischen Ausgabe. Mit einem Nachwort und Anmerkungen von Franz Kuhn. it 123

Paul Ernst. Der Mann mit dem tötenden Blick und andere frühe Erzählungen. Herausgegeben von Wolfgang Promies. it 434

André Ficus/Martin Walser. Heimatlob
Ein Bodenseebuch. it 645

Harry Fielding. Die Geschichte des Tom Jones, eines Findlings
Mit Stichen von William Hogarth. it 504

Gustave Flaubert. Bouvard und Pécuchet
Mit einem Vorwort von Victor Brombert und einem Nachwort von Uwe Japp. Mit Illustrationen von András Karakas. it 373
– Die Versuchung des heiligen Antonius
Aus dem Französischen übersetzt von Barbara und Robert Picht. Mit einem Nachwort von Michel Foucault. it 432
– Lehrjahre des Gefühls
Geschichte eines jungen Mannes, übertragen von Paul Wiegler. Mit einem Essay »zum Verständnis des Werkes« und einer Bibliographie von Erich Köhler. it 276
– Madame Bovary
– Revidierte Übersetzung aus dem Französischen von Arthur Schurig. it 167
– Salammbô
Herausgegeben und mit einem Nachwort versehen von Monika Bosse und André Stoll. Mit Abbildungen. it 342
– Ein schlichtes Herz. it 110
– Drei Erzählungen/Trois Contes
Zweisprachige Ausgabe. Neu übersetzt von Cora von Kleffens und André Stoll. it 571
– November. Aus dem Französischen von Ernst Sander. it 411

Theodor Fontane. Allerlei Glück
Plaudereien, Skizzen, Unvollendetes. Ausgewählt und herausgegeben von Otto Drude. it 641
– Cécile. Roman. Mit einem Nachwort von Walter Müller-Seidel. it 689

Romane, Erzählungen, Prosa

Theodor Fontane. Effi Briest
Mit Lithographien von Max Liebermann. it 138
– Frau Jenny Treibel. Roman. Mit einem Nachwort von Richard Brinkmann. it 746
– Meine Kinderjahre. Autobiographischer Roman. Mit zahlreichen Abbildungen und einem Nachwort von Otto Drude. it 705
– Der Stechlin
Mit einem Nachwort von Walter Müller-Seidel. it 152
– Unwiederbringlich
Roman. it 286
– Vor dem Sturm. Roman aus dem Winter 1812 auf 13
Mit einem Nachwort von Hugo Aust. it 583

Georg Forster. Reise um die Welt
Mit einem Nachwort von Gerhard Steiner. it 757

Anatole France. Blaubarts sieben Frauen und andere Erzählungen
Aus dem Französischen von Irmgard Nickel. Mit Illustrationen von Lutz Siebert. it 510

Johann Wolfgang Goethe. Erfahrung der Geschichte
Historisches Denken und Geschichtsschreibung in einer Auswahl herausgegeben von Horst Günther. Mit Zeichnungen des Autors. it 650
– Dichtung und Wahrheit
Mit zeitgenössischen Illustrationen, ausgewählt von Jörn Göres. Drei Bände in Kassette. it 149/150/151
– Italienische Reise
Mit vierzig Zeichnungen des Autors. Herausgegeben und mit einem Nachwort von Christoph Michel. Zwei Bände. it 175
– Maximen und Reflexionen
Text der Ausgabe von 1907 mit den Erläuterungen und der Einleitung Max Heckers. Nachwort von Isabella Kuhn. it 200
– Reise-, Zerstreuungs- und Trostbüchlein
Herausgegeben von Christoph Michel. it 400
– Über die Deutschen
Erweiterte Ausgabe mit Illustrationen, einem Nachwort, Nachweisen und Register. Herausgegeben von Hans J. Weitz. it 325
– Goethes Letzte Schweizer Reise
Dargestellt von B. Schnyder-Seidel. Mit zeitgenössischen Abbildungen. it 375